針いっぽん

鎌倉河岸捕物控〈十九の巻〉

佐伯泰英

時代小説文庫

角川春樹事務所

目次

鎌倉河岸周辺
鎌倉河岸
豊島屋
弁天湯
龍閑橋
青物市場
館市右衛門屋敷
常盤橋
むじな長屋
船宿綱定
彦四郎の長屋
金座
金座裏
龍閑川
樽屋藤左衛門屋敷
林道場
西
南
北
東
0
200m

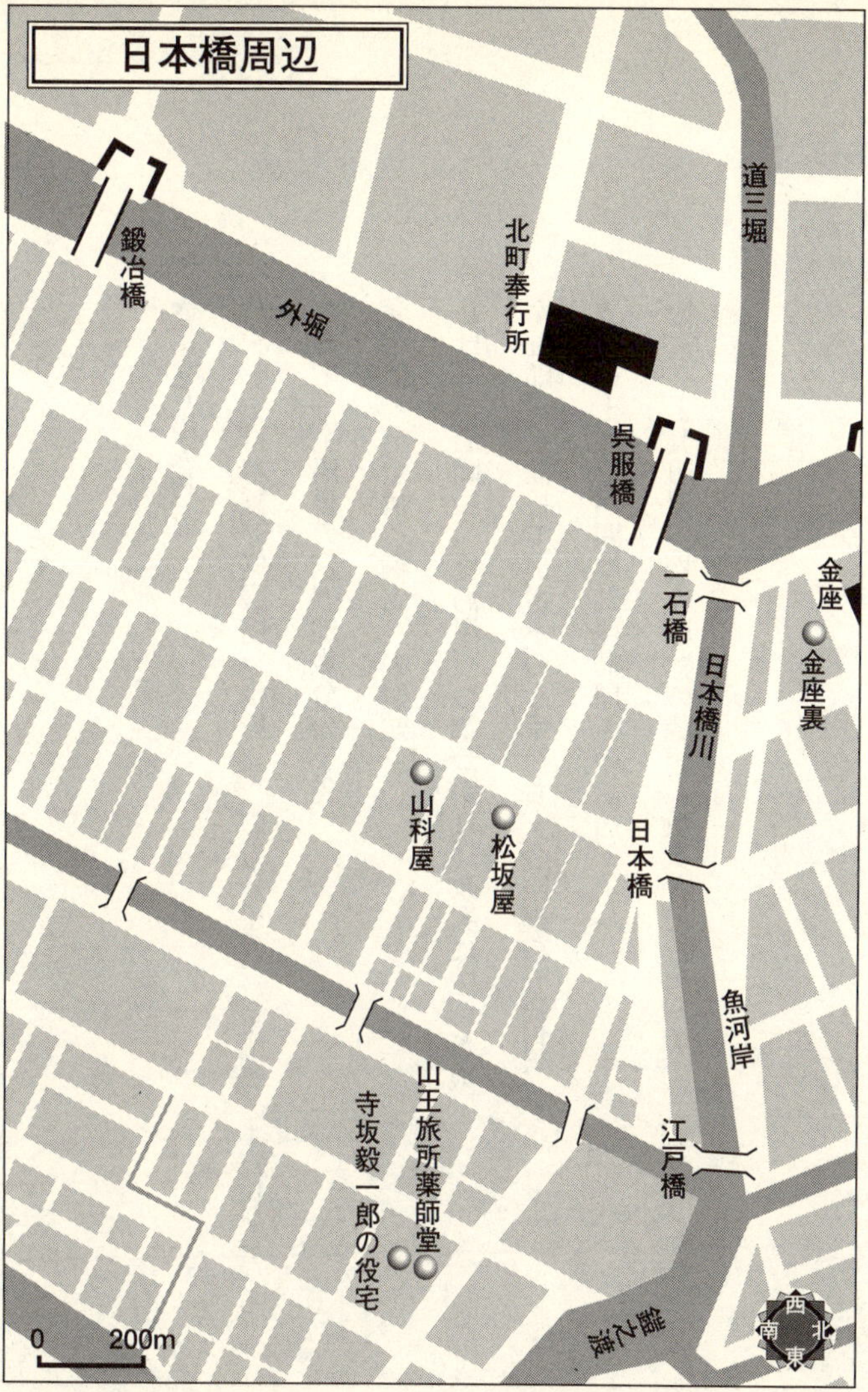
日本橋周辺
道三堀
北町奉行所
鍛冶橋
外堀
呉服橋
一石橋
金座
金座裏
日本橋川
山科屋
松坂屋
日本橋
魚河岸
江戸橋
山王旅所薬師堂
寺坂毅一郎の役宅
鎧之渡
0
200m
西
南
北
東

●主な登場人物

政次……日本橋の呉服屋『松坂屋』のもと手代。金座裏の十代目となる。
亮吉……金座裏の宗五郎親分の手先。
彦四郎……船宿『綱定』の船頭。
しほ……酒問屋『豊島屋』の奉公から、政次に嫁いだ娘。
宗五郎……江戸で最古参の十手持ち、金座裏の九代目。
清蔵……大手酒問屋『豊島屋』の隠居。
松六……呉服屋『松坂屋』の隠居。政次としほの仲人。

針いっぽん

鎌倉河岸捕物控〈十九の巻〉

第一話　湯治絵百景

一

千代田の御城の北にあたる鎌倉河岸《かまくらがし》に日暮れが訪れようとしていた。最前まで地表を這《は》うように吹いていた木枯らしもぱたりと止《や》んでいた。だが、年の瀬も押し詰まった時節、寒さがじんわりと八百八町を覆っていた。

鎌倉河岸の石畳に長い行列が伸びていた。

先頭は江戸の酒問屋の老舗《しにせ》にして、名物白酒の豊島屋《としまや》の戸口から始まり、数十人の男女の群れが静かに時を待っていた。

「まだかい、いつまで待たせるんだよ」

兄弟駕籠《かご》の兄の梅吉《うめきち》がおしゃべりの弟の繁三《しげぞう》に言った。

「我慢しねえか、身重のしほちゃんが額に汗して飾り付けをしてんだよ。それを急《せ》かせるだと、江戸っ子のやるこっちゃねえぜ」

「繁三、四半刻《しはんとき》（三十分）もじいっとしていると芯から冷えるぜ。おりゃ、隠居連の湯治の絵なんてどうでもいいからよ、早く熱燗《あつかん》で一杯飲みたいだけだ」

「だれだって想《おも》いは一緒だ。そこをぐうっと我慢して待つ、これが親しい仲間内の礼儀というものだぜ」

「礼儀も寒さでふっとんだ」

梅吉が言ったとき、閉じられていた板戸ががらがらと引かれて小僧の庄太《しょうた》が真新しい暖簾《のれん》を手に姿を見せて、

「お客様方、お待たせしております。もう少しで仕度が整います、しばらくお待ち下さい」

と行列の面々に声をかけた。

「ちぼ、店開きするんじゃねえのか」

「梅吉さん、しほさんが徹夜で表装したり、色付けしたりした苦労を考えればなんですね、少しくらいの辛抱ができないのですか」

「庄太、おれも兄貴に最前から言い聞かせているんだよ。だけどよ、年取ったのかねえ、兄貴の奴、堪《こら》えることが近頃できなくなってよ、せっかちなんだよ。近頃じゃよ、厠《かわや》に行って褌《ふんどし》からなにを出すめえに小便を始めやがる」

「こら、繁三、だれが褌も外さずに小便するか。いい加減なことをいうんじゃねえ、そんな噂《うわさ》が立つと、くる嫁もこなくなる」

今日は無口な梅吉が寒さに回らない舌でよく喋《しゃべ》った。

「おや、梅吉さんに嫁がくる話があるんですか」

「小僧、おや、ときたな。この梅吉、やるときにゃ、やるんだよ」

「梅吉さんの嫁になりたいなんて女がこの界隈《かいわい》にいるかな」

と小僧の庄太が暖簾をかけて小首を傾《かし》げた。

「驚くな、それがいるんだ」

ふだんお喋りの弟の陰に隠れて影のうすい兄貴がいった。

「繁三さん、兄さんがこう威張っているが大丈夫ですか、重い病にでもかかっているんじゃありませんか」

「小僧にこうまで言われているんだぜ、兄貴、教えてやんな」

梅吉はにたにた笑うだけだ。そこで弟が言葉をつづけた。

「江戸は広いやな。梅吉さんがいいってんで、おりゃ、長屋を近々おん出て兄貴に、いやさ、その女に明け渡すんだよ」

「そんな奇特な女ってだれですね。この界隈の娘さんでしょうね」

庄太が店の土間で最後の追い込みの飾り付けをするしほらの動きをちらりと確かめた。そして、少しでも時間を与えようと兄弟駕籠屋に掛け合い、その話を行列の常連客がにたにた笑いながら聞いていた。

「庄太、背丈は五尺一寸（約一五三センチ）そこそこ、ぽっちゃりした愛らしい娘でさ、齢《とし》は十八、番茶も出花、気立てはよくて所帯持ちがいいという兄貴の口だがね。弟のおれにもまだどこのだれだと言わないんだよ」

「だからさ、そんな娘、いないんだよ」

「小僧、梅吉を馬鹿にするねえ」

こちらは相変わらずにやにやと笑い、鼻歌を歌ったりした。

「気持ちわる」

「庄太もそう思うか、だがな、兄いの動きを見ていてもまんざら嘘《うそ》とも思えないんだ。近頃、髪結いにいく回数が増えたしよ、先日なんて柳原土手《やなぎわらどて》の天道ぼしの古着屋で縞《しま》もんの袷《あわせ》と献上帯まがいの角帯を買ってきてよ、そいつを着込んでいそいそと出かけたんだ。戻ってきた兄いは、顎《あご》の骨が外れたような間抜け面《づら》しているし、ひょっとしたらひょっとするぜ」

「驚いたな。それでさ、繁三さんは長屋をその女に明け渡してどこかに引っ越すんだね」

「この鎌倉河岸界隈に長屋の出物はねえかえ、店賃《たなちん》はできるだけ安くてよ、造作はしっかりしていて小ぎれいで住人は若い娘ばかりの独り住まいなんて長屋はよ」

繁三が答えたところに亮吉《りょうきち》が暖簾の下からはしっこそうな面を出して、

「お喋り、そんな長屋があればこのおれが先に住む。そんな長屋があるものか」

と言いながら、

「庄太、ようやく飾り付けが終わったぜ。あとは片付けだけだ」

と言った。

「片付けなんていいよ、酒さえ飲ませてくれればよ」

と梅吉が急がせた。

「亮吉さん、駕籠屋の梅吉さんがおかしいよ」

「承知だ。この前、梅吉がめかしこんで、尻に帆かけて一石橋《いちこく》のほうに走って行くのを見たもの。品川の飯盛《めしも》りかねえ」

「どぶ鼠《ねずみ》、おまえじゃねえや。おりゃ、飯盛りなんて関心ねえよ。ずぶの素人《しろうと》娘だ、それも若くて愛らしいときた。いっひっひひ」

梅吉が気持ちの悪い笑い方をした。

「名はなんだ」

「ああ、お……」

と言いかけた梅吉が、

「やばいやばい。あやうくどぶ鼠に乗せられて口を滑らすところだったぜ。いうんだよ、嫁がさ、梅吉さんと所帯を持つまで、鎌倉河岸の連中にあれこれと喋っちゃいけませんてね」

「どうして」

「あんまり得意げに喋るとおめえみたいなよ、嫉《ねた》む人が出てきて、この話が途中で壊れるってんだよ、嫁が」

「嫁がたって、まだおめえの嫁じゃねえじゃねえか」

「そのうちおれのところに嫁にくるんだ、嫁でいいじゃないか。悔しかったら亮吉、これが私の嫁ですって娘、連れてきな」

と梅吉にいわれた亮吉が、

「くやしいな」

と片袖《そで》を嚙《か》んだ。

「亮吉さん、いじめられているの。わたしがその役、務めていいわよ」

「えっ、お菊《きく》ちゃんがおれの嫁になってくれるというのかい」

「ちがうわよ。梅吉さんにああまでいわれ放しじゃかわいそうかなと思ってさ、うその許嫁《いいなずけ》になってあげてもいいかなと思ったの」

「梅吉の前でうその許嫁になるといったんじゃ、こいつが堪《こた》えないよ。見てみな、悔しいね、にたにた笑っているぜ」

亮吉がいうところにしほが顔を出し、

「皆様、長らくお待たせ申しました。入口で配られる茶碗酒は豊島屋からの祝儀の酒、下《くだ》り酒が一杯ただになっております。茶碗を手に伏見の新酒の香りを楽しみながら、鎌倉河岸のご隠居方と金座《きんざ》裏《うら》の親分夫婦らの『箱根・熱海湯治百景』をお楽しみください」

と店開きを宣言し、奥に姿を消した。

お菊も庄太も客を迎える態勢に入った。

「やれやれ、これで酒が飲めるぜ。むさ苦しいどぶ鼠を相手にするのも飽きた」

これまでの無口を取り戻すようによく喋る梅吉が亮吉の前を、

「ご免なさいよ、金座裏の居候《いそうろう》」

と言いながら通い慣れた豊島屋の敷居をまたぎ、

「おおおっ」

と驚きの声を上げ、

「これはこれは、しほちゃんに直々《じきじき》に茶碗酒を頂戴しまして、駕籠屋の梅吉、恐縮のいったりきたりでございますよ」

日頃使いもしないおべんちゃらで応ずる声が表まで響いてきた。

「ちえっ、梅吉のやつ、勝ち誇ったあの声はなんだ」

「亮吉、おめえが地団太踏む気持ちはよくわかる。弟のおれだって腹立たしいぜ。しかし、女ができると、ああも男は変わるものかね」

「女ができたって信じられねえよ。どこのだれかとも分からず、ほんとうに梅吉の嫁になるって女がいるのか」

「亮吉、兄貴はそれでも真剣なんだぜ。これまで慎ましくして溜《た》めてきた金子《きんす》をさ、その女に所帯道具を買えって渡したそうだぜ」

「なにっ、貯えを巻き上げたって、十八の娘がするこっちゃねえぜ。この話、いよいよ怪しいぜ」

「亮吉、おれも意見をしたんだよ。だけど、弟、悋気《りんき》なんぞ起こすなって剣突《けんつく》を食らわしやがって、聞く耳をもたないもの」

と繁三が答えたとき、行列の後ろから、

「豊島屋が暖簾を掲げたというのに入口で立ち止まっているのはどこの馬鹿だ。横っ面をぶっとばしてやろうか」

と叫んだのは鳶《とび》の一人だ。

「いけねえ、よ組の梯子《はしご》持ちだ。あいつは力が強い上に乱暴者だからな、本気で殴りかねねえ」

亮吉が行列の後ろを見て叫んだ。

「ささっ、入ったり入ったり、立ち止まらずに入ったり」

再び行列が流れ始めた。

なんと今宵豊島屋の店前で行列していたのは四十と三人だった。その客たちが入口でしほやお菊の手から茶碗酒をもらい、壁全面にかかったしほの絵を見て廻《まわ》り始めた。

亮吉は行列が終わったのを確かめ、鎌倉河岸一帯を見回した。すると龍閑《りゅうかん》橋の向こうから連れ立ってくる金座裏の宗五郎《そうごろう》親分とおみつ、若親分の政次《せいじ》に八百亀《やおかめ》ら手先一統が見えた。

「親分、たった今店開きしたとこだ。豊島屋の女将《おかみ》さんと松坂屋《まつざかや》の内儀様が湯に浸《つ》かっている裸の絵が見物できますよ」

と大声を張り上げ、八百亀が、

「亮吉の馬鹿野郎が、しほさんがまかり間違ってもお婆様方の裸を描くものか、いい加減なことはいうねえ」

と怒鳴り返した。

「八百亀の兄い、真《まこと》だよ。うちの姐《あね》さんだって、しほちゃんだって一緒に描きこまれていらあ」

「なんだと、鎌倉河岸の女衆の裸だと、そんな大胆なことを金座裏の女絵師がやったかねえ。どうしたものか、親分」

「湯治となりゃな、女も男も裸だな、致し方あるめえよ、八百亀」

宗五郎が八百亀をいなした。

「だってよ、おみつ姐さんの裸をこの界隈に曝《さら》していいのかえ。奉行所が風紀を乱すってんで、すっ飛んでこないかねえ」

「八百亀、亮吉のいうことを真に受ける馬鹿がどこにおりますか」

おみつが男たちのやり取りに掛け合いながら、豊島屋の前に貫録の姿を見せた。

宗五郎の一行が豊島屋の広土間に入ったとき、さしも広い土間が半分ほど客で埋まり、壁の絵の前にも大勢いて、あれこれとしほの描いた『箱根・熱海湯治百景』の絵に見入っていた。

こたびの湯治は箱根、熱海と二か所も回った上に、二つの温泉場で十六、七日も滞在したのだ。

しほが絵を描く時間もたっぷりあった。ために冬の箱根の山並みや日光がさんさんと降り注ぐ相模灘《さがみなだ》の海辺の景色が対照的に変化をつけて多彩に飾られ、半分以上の絵が色彩を加えられていたから画面が華やいでいた。

「しほ、ご苦労だったね。お腹《なか》のやや子に障らないか」

政次がしほの身重の体を気にした。

「政次さん、私は口ばかりよ。表装した絵を亮吉さんや庄太さんや豊島屋の男衆が飾ってくれたから、なにもしてないの」

と応じたしほが宗五郎やおみつに、

「親分、おっ義母《か》さん、豊島屋からの祝い酒です」

と茶碗酒を差し出した。

「しほ、私のさ、艶《あで》やかな裸をとっくりと見せてもらいますよ」

とおみつが茶碗酒を受け取り、

「どれどれ、私たちの裸の湯治絵はどれですね」

店の広土間の壁を眺め回した。

その絵は『箱根・熱海湯治百景』の冒頭を飾っていた。

「おみつさん、ほれ、すぐそばの絵だよ。白い湯に冬瓜《とうがん》四つが浮かんでいるだろう」

と梅吉が叫び、おみつ、おえい、とせ、しほの四人が箱根の露天風呂に肩まで浸かる絵を差した。

「どれどれ、なんだい、裸ってのはこれかい。わかっていたけどさ、亮吉のざれごとにまんまとのせられたよ。駕籠屋の梅吉さんがいうように冬瓜四つが湯の中に浮いてますよ。冬景色だねえ、雪がちらちらと舞ってさ。湯のせいか、四人の顔がつやつやしていますが、肌に張りのあるのはしほだけだね」

おみつがいささか残念げな口調で言った。

「おみつ、齢を考えねえ。嫁と張り合ってどうするんだ」

宗五郎が窘《たしな》めたとき、松坂屋の隠居夫婦が到着して、

「ご一統さん、その節は世話をかけました。しほさんや、絵の展示ではご苦労でしたな」

と松六《しょうろく》が声をかけ、箱根の白濁した湯に四人の女が浸かる絵をいきなり見せられて、

「のっけから女四人衆の揃《そろ》い踏みですか」

と感嘆した。

「揃い踏みたって、私のしわしわの体は白く濁った湯の下に隠れておりますよ」

おえいが照れたように笑った。

「それはようございました。そうでなければ、この界隈を歩けなくなりますよ」

松六がほっとした表情で隣の絵に目を移し、

「おや、こちらは私ども男衆の湯治風景ですか、熱海の大湯にのどかに浸かる風景が描かれてますな、冬の陽《ひ》射《ざ》しが降る海を背景に湯のあちらこちらに宗五郎親分、清蔵《せいぞう》さんに私、それに手代《てだい》の忠三郎《ちゅうざぶろう》に手先の広吉《こうきち》さんに小僧の庄太さんと六人が按配よく配されておりますよ。湯の中になんともゆったりとした時が流れておりませんか、親分」

「松六様、たしかに時が止まっているようだ。松六様から小僧の庄太まで老若の男たちの裸身にそれぞれ歩いてきた人生が刻みこまれて、一篇《いっぺん》の物語が浮かんできそうだ。これはなかなかの絵にございますよ」

宗五郎が感嘆の声を上げた。

「しほ、腕を上げたな」

「いえ、このような松六様方六人が湯に浸かったり、洗い場から海を眺めていたりする景色に出会ったわけではございません。だれもいない大湯の中で、ふと、この湯にご隠居方を配したら、どんな絵になるのか想像をして描いたものです」

「えっ、おれたちが入っているところを盗み見して描いたんじゃないのか、しほさん」

「庄太さん、そんなことしませんよ。頭の中で想像して六人を大湯に配したのです」

「それにしてもしほさんや、私の肋骨《あばらぼね》が浮き出たところまでそっくり描いてございますよ。絵師というのは見ずしてこうも描けるものかね」

と松六が首を傾げ、

「わたしゃ、いささか不満です」

と言い出したのは豊島屋の清蔵だ。

「おや、どこが不満なんです。湯船の縁《へり》に腰をかけて海を眺める様子は、清蔵さんらしくていいじゃありませんか」

「しほさんや、わたしゃ、ここまで齢はとっておりませんぞ。まだ五体に艶《つや》が残っておりましょうが」

ふっふっふ、といきなり笑い出したのは女房のおとせだ。

「おまえさん、この絵の人物は寸分違《たが》わずおまえさんです、おまえさんはもはや十分に年寄りです。未《ま》だ若いだなんて、またなんぞ悪いことでも考えているんじゃありませんか」

おとせがぴしゃりと言った。

「おとせ、悪いことってなんですか。わたしゃ、もう色事のほうは卒業です。これからは風雅一筋に余生を過ごそうと考えております」

「しほさんの絵のおまえさんにはそのことがすべて盛り込まれて描かれております。それをなんですね、絵の人物がしなびておるだと、どこの口の下から言えるのです」

「しほさんの絵で、えらい言われ方だ。しなびているなど一言もいっていませんよ。現物のわたしにはもう少し艶があるんじゃないかと言っただけなんだがな」

と清蔵がぼやき、

「亮吉、湯治にいくのも考えものですよ。裸を皆さんの前に晒《さら》したあげくに女房どのからぼろかすと言われる。しほさん、もう絵師をやめなさい、罪つくりです」

「清蔵の旦那、馬に乗ってさ、峠を下るへっぴり腰がなんともお似合いの絵があちらにございましたぜ。あれなら旅着を着て菅笠《すげがさ》をかぶっていらあ、裸じゃねえから、きっと満足しますよ」

「なに、熱海峠を下る私の馬の鞍《くら》の上の姿がございますか。ううーん、あのときはこの馬は客をちょくちょく振り落とすと馬子《まご》に脅されて、びくびくしていたところです。あれもきっと私らしくないな」

清蔵は見る前から絵が想像ついたか、首を傾げた。そのとき、

「あっ、こりゃ、すごい」

と広吉の声がして、一同がそちらを向いた。

二

「どうした、広吉」

湯治行の供を広吉にさらわれたと気にしていた亮吉が問い返した。

「おれだ、おれがさ、五丁櫓の舳先《へさき》に立ってよ。しほさん、庄太と呼んでいる瞬間が描かれているんだ。しほさん、いつ、こんな絵を描いたんだ」

宗五郎一統がその絵の前に移動し、その絵を囲んだ。

広吉がなんとも嬉《うれ》しそうな表情を隠しきれないで、絵に見入っていた。

五丁櫓の早船が相模灘の波を蹴散《けち》らして熱海の湊《みなと》に接近していた。その舳先には広吉が勇ましげにも仁王立ちになり、陸に向かって手を振っていた。その姿には広吉の自信が溢《あふ》れており、早船の勇壮な走りと相俟《あいま》って絵自体にも力強さが漲《みなぎ》っていた。

「ちぇっ、広吉め、船で遊びやがって手を振ってやがる。いいな、本来ならおれの役目じゃねえか。この絵だってよ、おれの雄姿が描かれていたはずなんだがな」

と思わず未練気に呟《つぶや》いた亮吉に、

「だからおめえはいつまでも金座裏のどぶ鼠と呼ばれるんだよ。いつまで女々しいことを言ってんだ、馬鹿野郎！」

と八百亀に怒鳴られた。

「だけどよ」

なにか反論しようとする亮吉に、

「八百亀の兄さんの仰《おつしや》るとおりよ。いつまでもおかしいわ、亮吉さんらしくない」

酒と田楽《でんがく》を盆に載せて通りかかったお菊が会話を聞いて、亮吉の背に険しくも言いかけた。

「だってよ、お菊ちゃん」

と振り返ったとき、亮吉はお菊のけわしい顔に気付いた。その表情には哀《かな》しみとも寂しさとも付かぬものがあった。

亮吉はむじな長屋の住人として政次、彦四郎《ひこしろう》とは兄弟のように育った仲だ。それが今では政次は、売り出し中の金座裏の十代目にして若親分であり、彦四郎は船宿綱定《つなさだ》の船頭として立派な稼ぎ頭《がしら》だった。

三人の中で亮吉だけが取り残された感があった。住んだ時代が違うとはいえ、同じむじな長屋に世話になるお菊にしたら、なんとしても亮吉に独り立ちして、ちゃんとした生き方をしてほしいという願いがある。左官の広吉が湯治の供に選ばれたことにいつまでも拘《こだわ》って、うじうじしていることが許せなかったのだ。

「お菊ちゃん」

お菊の表情に息を呑《の》んだ亮吉にはもはやなにも答えず、お菊は客のところに酒と田楽を運んでいった。

「いい絵だな、広吉さんの顔がやけに誇らしげだ」

と天井から声が降ってきた。

いつの間に豊島屋に姿を見せたか、船頭の彦四郎がおとせやしほの背後からにょっきりと立って絵に見入っていた。

「彦四郎、分かったか」と宗五郎が聞いた。

「広吉さん、一枚皮が剝《む》けたな」

「ようういうた、彦四郎。左官の広吉が成長したことを示す証《あかし》の絵だ」

「ほう、そりゃどういうわけだ、親分。おりゃ、ただ、広吉さんの顔がすきっとしてよ、自信に溢れているとと思っただけなんだ。絵の裏になにか事情でも隠されているのかねえ」

彦四郎のほうは拘りなく答えた。

「五丁櫓の早船は、小田原城下から熱海の浜に戻ってきたときの光景だ。時雨《しぐれ》の兼松《かねまつ》って悪党が、弟分の狐《きつね》の与《よ》三郎《さぶろう》って野郎と手入れの現場から竹藪《たけやぶ》伝いに逃げ出そうとしたとき、広吉が六尺棒を構えて二人の前に立ち塞《ふさ》がったときの気迫の籠《こも》った表情をみなに見せたかったぜ。また、啖呵《たんか》がいいや、『金座裏の広吉だ。悪党らしく往生際は観念しねえ、大人しく縛《ばく》につくのだ！』と叫んだ大音声《だいおんじょう》がおれの耳に今も残ってるぜ。兼松も与三郎も人殺しなんぞ屁《へ》とも思わない野郎どもだ、捕り物のあった大久寺《だいきゅうじ》は東海道を前にして箱根の峠下だ。あそこで二人に逃げられていたら、こっちも捕り方に手勢を送り込まれた大久保《おおくぼ》家も面目まる潰《つぶ》れだ。逃げ出そうとする二人の前に立った広吉の気迫たるや、血も涙もねえ殺し屋どもの必死を凌《しの》いでいたんだ。まあ、広吉がよ、悪党が逃げだすのを防いでくれたおかげで兼松と与三郎をあんとき、お縄にできた。第一の手柄は広吉よ」

宗五郎が広吉の行動にいささか色を付けて褒めた。

「どうりで自信に溢れた顔をしていらあ、広吉さん」

彦四郎の言葉に当の広吉が照れくさいような顔で、

「おれ、そんなかっこうよかったかねえ。親分、いささか褒め過ぎじゃねえか」

「いや、褒め過ぎじゃねえ。見てみねえ、この絵をよ。帰り船の広吉の表情を捕り物の現場を見てないしほが浜から捉《とら》えた瞬間に広吉の成長ぶりが凝縮されていらあ。左官の広吉は、うちにきた当初機敏な手先じゃなかったかもしれねえ。だが、自分ができることを倦《う》まず弛《たゆ》まず務めたお蔭で、悪党二人の前に身を挺《てい》して立ち塞がる胆力と度胸ができたってことだ」

「親分、私、広吉さんがそんな活躍しただなんて知らずに描いた一枚です」

「しほ、そこがすごいじゃないか。おめえは広吉の捕り物姿を見てねえ。ただ五丁櫓の舳先に立って手を振る広吉を描いたつもりかもしれねえ。だが、そこには広吉の成長が見事に描き込まれていたんだよ」

「となると親分、広吉さんがすごいのか、一瞬にしてそのことを見抜いて描いたしほさんの腕がいいのか、分からないぜ」

「彦四郎、両方がうまくかみ合った絵じゃないかえ」

「親分、違いねえ」

と八百亀が言い、

「こら、どぶ鼠、とろとろしているから広吉亀に追い抜かれて、兎《うさぎ》は迷って行き先がどこか分からなくなったんじゃねえか」

と亮吉を叱咤《しった》した。

「八百亀の兄い、そんなことはねえよ」

と応じた亮吉だが、なんとも無念そうな表情に顔を歪《ゆが》めた。

「ささっ、次の絵はと、おや、熱海の湯治宿が初川沿いに並んだ景色ですよ」

とおみつがいった。

『箱根・熱海湯治百景』を見終えた一統がようやく小上がりに席をとって、酒を呑み、田楽を食べながら、描かれた一枚一枚の絵の裏話を次々に披露し始めた。

しほは、その席に政次と亮吉がいないことを気にかけていた。

しほの右隣は、一つ政次のために空けられた席で、左隣に彦四郎が座っていたが、

「しほさん、心配するねえ。亮吉がすねているんで、若親分が様子を見に行っているんだよ。亮吉もそろそろ大人になってくれないとな。なにか一つ切っ掛けがあると一気に変わるんだがな」

「切っ掛けね」

しほの視線はお菊に向けられていた。それに気付いた彦四郎が、

「しほさん、他人をあてに人間がそう簡単に変わるわけもないさ。自ら変わるつもりで変わらなきゃならないんだよ」

「どうすればいいの」

「亮吉だって、広吉さんがしてきたように、金座裏で精進してこなかったわけじゃねえ。だが、政次若親分のこともあってよ、目立たないだけなんだ。これまでも捕り物で手柄は立ててきた。こんどな、一つ、なにかが起こると亮吉も大きく弾《はじ》けると思うのだがな」

と彦四郎が祈るように言った。


「亮吉、どうした」

鎌倉河岸の船着場の石段に腰を下ろして、常夜灯の灯《あか》りが映る水面《みなも》を黙然と見詰める亮吉に、そのあとを追ってきた政次が声をかけた。

「若親分か、おれって、だめな人間だな」

「亮吉、おまえらしくないな。いつもの亮吉ならば、広吉は広吉、おれはおれって道を突っ走ってきたんじゃないか。どうした」

「だからさ、左官の広吉にまで追いぬかれてしまったんだ」

「忘れちゃならない、私たちはまだ青二才だ。華を咲かせるのはこれからだ、行く先はどこか知れないほど人生は果てがない」

「そりゃそうだろうよ。だからこそ」

「だからこそなんだ、亮吉。八百亀の兄さんは、おまえと広吉を兎と亀に譬《たと》えられたが、抜いたり抜かれたり行きつく先は計り知れない。私たちの若さで先にいった追い抜かれたって気にしてもしようがない。どんなときも手を抜かずに御用を務めれば、ぱあっと視界が開けることもある、また次の日には濃い霧に閉ざされていることもあって、その日の一歩が踏み出せない日もある。そんなことの繰り返しだよ、九代目や八百亀の域に達するまではさ」

「分かっちゃいるんだがね、つい」

「他人を気にするかえ」

「そんなところだ」

亮吉が石段にあった平ったい石を拾い、水面に向かって投げた。

ぴょんぴょん
と水面を跳ねた石が三つ目で御堀の水に沈んだ。

その石が沈むところに神田橋御門を潜《くぐ》ってきた船が、すいっと過《よぎ》って行った。

御城と関わりのある船か、羽織姿の武家が数人乗っていた。そして、胴の間には棺《ひつぎ》が積まれていた。

御城で亡くなった人間は不浄門と呼ばれる平川御門を抜けて外に出される。そんな骸《むくろ》の一つだろう。ということは不浄船だ。

「まあ、亮吉は死ぬまで亮吉だ。そいつは変わりないかもしれない。だけど他人のことをあまり気にかけると、どうしても自分らしさが消える。それが迷いを生じさせるんだ。亮吉、繰り返すが私たちが目指すところは果てしない先だ。あれこれと気にかけていたら、だれだっておかしくなる」

「若親分だってそうかえ」

「そうよ、そのとおりよ」

しほの声がして、ぷーんと田楽の匂《にお》いがあたりに漂った。

彦四郎が酒と田楽を載せたお盆を両手に抱え、

「師走《しわす》の御堀を見ながら、酒を酌み交わすのも酔狂、悪くはあるめえ」

と大きな体が亮吉の傍らに腰を下ろして空《から》の茶碗を持たせた。

「熱燗の酒をのんで、もやもやした気持ちを忘れねえ」

「そうだね、一杯もらおうか」

亮吉が茶碗を差し出すと燗徳利を摑《つか》んだ政次が酒を注《つ》いだ。

「若親分と船頭に酌をさせて、悪い気持ちじゃねえよ、しほさん」

「三人は兄弟よりも絆《きずな》の深い幼馴染《おさななじみ》、これ以上の幸せがある」

「ねえかもしれねえな、おれたち、むじな長屋の三兄弟だもんな」

亮吉が言いながら、きゅっと熱燗の酒を喉《のど》に落として、

「うめえや」

と叫び、言い足した。

「そうだ、その意気だ。私たちの前には長い日々がある。あるいは御用で明日にも命を落とすかもしれない」

「嫌よ、政次さん」

政次の言葉にしほが即座に反応した。

「たとえだ、しほ。生まれてくるやや子の顔を見ないで死ねるものか。だけど諸行無常、人間はいつ死ぬか分からない。これぱかりは天の定めだ、その覚悟があれば明日の動き方も変わってくる」

「政次は、いやさ、若親分は悟り過ぎだぜ。こっちはそうはいかねえよ」

と亮吉がぼやいた。

「なにかな、元気になるようなことがあればいいんだけどな」

「あったじゃない、亮吉さん」

「なにがさ、なにもねえよ」

亮吉が投げやりにしほに応じた。

しほが彦四郎と政次にも茶碗を持たせて酒を注いだ。そして、言った。

「お菊ちゃんの言葉を胆《きも》に銘じた」

「ちえっ、お菊め、おれが嫌いだからって、ああ人前で睨《にら》まなくてもいいじゃないか」

「亮吉、それは違う」

と政次が言った。

「だが、私が言っても信用するまい。しほがお菊ちゃんの気持ちを絵解きしてくれそうだ」

「絵解きだなんて、私にはできないわ。だけど、お菊ちゃんがあのとき、亮吉さんを睨んで哀しそうな、寂しそうな表情を見せたのは、亮吉さんのことが人一倍気になるからよ。いつまでも朋輩《ほうばい》のことを嫉んでいる亮吉さんに立ち直ってほしいと思って、あんな表情をしたんだと思うな」

「いや、鎌倉河岸の女絵師の眼力を信じろ。舳先に佇《たたず》む広吉の表情でしほが一枚皮の剝けたことを見抜いたように、絵師の推量を馬鹿にしちゃあならない」

「そんなことあるかえ」

「おお、そうだ」

と彦四郎も言葉を添え、

「亮吉、おめえが図に乗って逆上《のぼ》せあがるといけねえから、この言葉は使いたくねえ。だが、おまえがしほさんと若親分の気持ちを未だ察しられないようだからおれがいう。お菊は亮吉が気にかかるんだ、好きなんだよ」

「そ、そんなことあるか。あいつはまだ子供だ」

「と思うのは亮吉だけだ。いいか、お菊ちゃんは一旦板橋宿の女郎屋に売られた身だぞ。世間じゃもう女として通るから、あんな一件があったんだ。お菊ちゃんをちゃんとした娘として扱わないと、お菊を失うぞ」

「そ、そんな」

「まだ分からねえか」

「だってよ」

「だっても糸瓜《へちま》もねえ。亮吉がお菊に惚《ほ》れていることはだれもが承知なんだ。だがな、これまでのようにちゃらちゃらしていたら、だれかに攫《さら》われる」

と日頃険しい言葉を吐かない彦四郎が重ねて言った。

亮吉が幼馴染らの顔を見た。

鎌倉河岸の常夜灯の灯りが後ろから政次たちを照らしていたが、その表情を見分けることができた。

「彦四郎さんのいうとおりよ、亮吉さん」

亮吉が手にした茶碗酒を舐《な》めるように飲んで考えに落ちた。

長い沈黙のあと、

「ありがとうよ、眼が覚めた」

と亮吉の心底からの返答だった。

「おりゃ、目先のことばかり考えて大事なことを見ていなかったかもしれねえな、彦四郎」

「そのとおりだよ。金座裏でおめえがどんな役割を果たすべきか、一目瞭然《いちもくりようぜん》じゃねえか。若親分の、幼馴染の片腕になりねえ」

「分かった」

と彦四郎の言葉に応じた亮吉の返答は最前よりすっきりとしていて、

「おりゃ、考えを改める」

と言い切った。

「それでいい、亮吉」

「いや、彦四郎、おれの気持ちが分かってねえ。人には人それぞれの生き方がある。いくら金座裏で十手《じって》を振り回すからといって、おれと若親分が同じ生き方ができるわけもねえ」

「そりゃ、当たり前だ」

「彦四郎、おれはおれの生き方で押し通してみせる、その結果、お菊が他の男に惚れたとしても致し方ない。おれは生き方まで変えて、お菊と一緒になろうとは思わない」

「考えを改めたのよね、亮吉さん」

「おうさ、しほさん。おりゃ、もう他人様《ひとさま》のことは気にしない。自分がどう生きるべきか、それだけを考えて御用を務める」

石段に沈黙が支配した。

亮吉が茶碗酒を飲みほし、もう一つ平ったい石を手にした。

「亮吉、しほも彦四郎も私も亮吉にああしろこうしろなんて、生き方まで押し付ける気はない」

「それは分かっているって、若親分」

「おれたちの気持ちが通じたんだな」

「彦四郎、十分にな」

と答えた亮吉が片腕を振って石を投げた。

ぴょんぴょんぴょんぴょん
と水面を滑走するように跳ねた石が、折から神田橋御門の方向からやってきた船の船べりに、かちんと音を立ててあたって水中に沈んだ。

「あっ」

と亮吉が悲鳴を上げ、頭巾《ずきん》をかぶった武家が立ち上がってこちらを睨んだ。

「こりゃ、とんだ粗相を。うっかりとしちまった、お許し下さい、お武家様」

と亮吉が慌てて詫《わ》びの言葉を発した。

「おのれ、何奴か、名を名乗れ」

政次が立ち上がり、

「お武家様、手先の粗相お許し下さい。私は金座裏の宗五郎の倅《せがれ》の政次にございます」

と丁寧に腰を折り、頭を下げた。

頭巾の武家が船頭に船着場に着けるように命じた。だが、船中に座した上役が立ち上がった武家を押し止《とど》め、船はそのまま常盤《ときわ》橋の方面へと急ぎ向かっていった。

政次は最前通った亡骸《なきがら》を積んだ船と二艘《そう》目の船が寸分に違わないことを不思議に思っていた。

城中で一日に二人の死者が出たのだろうか。

そんなことを政次は漠然と考えていた。

三

政次はこのところ毎朝赤坂田町《あかさかたまち》の直心影《じきしんかげ》流神谷《かみや》丈右衛門《じょうえもん》道場に日参して、体をいじめ、汗を掻《か》いていた。

この朝も道場に立ち、次から次に相手を替えながら稽古を続けた。

金座裏の大黒柱の宗五郎が箱根、熱海の湯治旅で江戸を留守にした。

その間、十代目の若親分にその務めのすべてがのしかかってきた。そこで政次は朝稽古《げいこ》を休み、狭い庭で独り稽古を続けながらも金座裏を守ってきた。

だが、一行がなんの事故もなく無事に戻ってきたのだ。

「政次、朝稽古に行ってこい」

と宗五郎が政次の気持ちを察して送り出してくれたのだ。

政次は神谷道場の朝稽古を夜明け七つ（四時）から六つ半の一刻半（三時間）と決めていた。だが、金座裏から赤坂田町まで走っていっても片道半刻はかかる。都合二刻半ほど、金座裏を留守にすることになる。ご用のことを考えればぎりぎりの稽古時間だった。

この朝、六つの時鐘が道場に伝わってきて、そろそろ稽古の切り上げをと気にしていると師匠の神谷丈右衛門が政次の名を呼んだ。

政次が師の下に向かうと傍らに三十七、八の武家が稽古着姿で立っていた。

「旗本加納傳兵衛《かのうでんべえ》どのだ。本日、わが道場に見学にお見えでな、稽古を最前から見ていて、そなたの動きに目が留まったそうな。加納どのは城中でも知られた剣の遣い手、御家代々、一子《いっし》相伝の加納派無双《むそう》流の継承者でもある。それがし、加納派無双流恐るべしと噂には聞いていたが、その伝承者がわが道場に見えて、そなたを稽古相手に所望なされた。かような機会は滅多にあるものではない。ご指導を願え」

と命じた。

政次は稽古着姿だ。

御用を務める金座裏の親分の髷《まげ》は代々小さく、斜めにおいた。政次も宗五郎の跡継ぎに決まったあとは、その髷の結い方をした。だから、稽古着であろうと、政次が町人ということは一目で知れたはずだ。

「私にお相手が務まりましょうか」

「加納どののお眼鏡《めがね》にかなったのだ、心おきなく胸を借りよ」

と丈右衛門が政次に言い、

「加納どの、竹刀《しない》でようございますな」

と相手に聞いた。

「わが加納派無双流は木刀稽古にござってな、竹刀や防具は使わぬ」

加納傳兵衛が木刀での稽古を願った。

「どうだ、政次」

「お願い申します」

二人の了解がなって木刀稽古となった。

政次が竹刀から木刀に持ち替えるために壁際に下がったとき、この朝、珍しく稽古に姿を見せていた北町奉行所定廻《じょうまわり》同心の寺坂《てらさか》毅一郎《きいちろう》が帰り仕度で、

「若親分、あいつ、胸に一物ありそうだ、油断はするな」

と小声で囁《ささや》いた。

「寺坂様、金座裏に帰りが遅くなると知らせてもらえませぬか」

政次はなんとなく稽古が長引きそうな予感でそう願ったのだ。

「心配いたすな、そちらは手配する」

毅一郎の返答に政次は気持ちが軽くなり、加納傳兵衛との稽古に集中することにした。

稽古が厳しい直心影流の神谷道場でも他流からの出稽古の者に木刀稽古を許すことはない。丈右衛門にも考えがあって加納に木刀での稽古を許したと思えた。

「お待たせ申しました」

政次がすでに道場の中央に立つ加納に丁寧に言葉をかけた。すると、

「初めての立ち合いゆえ、それがしが傍らから見聞いたす。加納どの、許されよ」

「神谷先生、審判を務められるか。となれば試合と考えてようござるか」

「そうではない。とかく木刀稽古は大事にいたるでな、両者の体が乱れた場合はそれがしの命《めい》に従って頂く。あくまで稽古にござる」

加納がしばらく黙っていたが、

「承知致した」

と呟くように洩《も》らした。

加納の木刀は黒褐色に使い込まれた三尺八寸（約一一五センチ）余の長いものだった。材質は黒樫《かし》か。それに鍔《つば》が嵌《は》め込まれてあった。背丈は五尺七寸（約一七三センチ）余か、長尺の木刀といえた。

政次は総長三尺三寸、定寸の木刀だ。

「ご指導お願いいたします」

と政次が改めて願い、正眼《せいがん》においた。

加納は中段の位より木刀を立てて、構えた。

間合は木刀の先端間、半間《けん》。

政次は加納傳兵衛の眼を正視した。両眼がどんよりと鈍い光を放っているだけで、なにを考えているか推測付かなかった。

二人の木刀での立ち合い稽古に他の門弟衆が稽古を止めて壁際に下がり、見物した。

政次は静かに息を整えた。

当然ながら下位に位置する政次が打ちこむことが要求されていた。

相手の眼差《まなざ》しに変化がないことを確かめた政次は、
すいっ

と踏み込んで、木刀を加納の面へと落とした。

そより
と黒樫の木刀が動いて、
ばしり
と政次の面打ちを弾いた。

当然両者が予測した攻めと受けだった。

政次は弾かれた木刀を素早く回し、相手の胴へと見舞った。

加納の木刀が再び払った。

そのとき、相手の両眼がぎらりと光って、本気を出したような様子があった。

そのあとも政次が攻めに攻めた。加納は余裕をもって弾き返しながら、政次の動きが止まるのを待っていた。

加納は政次の動きを見つつ、ゆっくりと後退していた。だが、押し込まれてのことではなかった。後退することで政次の打撃を躱《かわ》していたのだ。その後退は神谷道場に大きな円を描いて続行されていた。

(加納傳兵衛はなぜ反撃に転じないのか)

おそらく政次の動きが鈍ったとき、円後退が停止して反撃が襲いくるのだろうと考えた。

政次の本能がただの稽古でないことを教えていた。

加納傳兵衛はどこかで本心を見せて政次に襲いかかるはずだ。だからこそ神谷丈右衛門が稽古の見聞方を買ってでたのだ。

政次は間合を変え、動きに緩急をつけ、技と技の間に弛緩《しかん》がないように次から次に攻めた。

だが、加納は焦《じ》れることなく政次の攻めを受け止め、弾き返した。

どこまで政次の攻めが続けられるか。

手を休めることなく打ち込みを続けながら円運動がどこまで持つか、考えていた。

何周目か、加納が後退しつつ受け流し、政次が攻め続ける稽古が続き、そろそろ半刻を迎えようとしていた。

政次は両手に重い疲労を感じ始めていた。

その瞬間、加納傳兵衛の本性を見てみたいという欲求に駆られた。

不意に政次が動きを止めて、木刀を正眼へと構え直した。

加納傳兵衛も後退を止めて、政次の考えを推測するように凝視した。

政次は息を吸い、静かに吐いた。

(挑発せよ)

と政次の心が命じていた。

どれほど動きを停止していたか、政次の木刀が正眼から上段に上げられていった。

「おおっ」

と神谷道場の見物する門弟衆がどよめいた。

加納傳兵衛としても町人の政次に上段の位置を取られて、そのまま黙っているわけにはいかなかった。

一見平静さを保ち、政次の攻めをことごとく弾き返してきたかに見えた加納にも、

(いささか勝手が違った)

という戸惑いがあることを両者の間近から見聞する神谷丈右衛門は察していた。

(となればどう動くか)

中段より立てられていた加納の木刀の先端が下りてきて、政次の喉笛に、
ぴたり
と定まった。

政次はぞくりとした悪寒を感じた。

だが、自らが仕向けた挑発だ。逃げるわけにはいかなかった。

上段から振り下ろす一撃に政次は賭《か》けた。

加納傳兵衛もまた突きにすべてを託した。

もはや稽古の域を超えていた。

丈右衛門は迷っていた。このまま稽古が進行すれば、どちらかが怪我《けが》を負い、万が一の場合は死に至る。

だが、武術の稽古というものは怪我も死も想定内の行いだった。なにより旧知の寺社奉行脇坂安董《わきざかやすただ》の口添えあって道場見学にきた加納の魂胆を知りたいと願っていた。

すうっ
加納傳兵衛が息を吸い、止めた。

政次は加納傳兵衛の微妙な表情の変化を見落としていなかった。一瞬の迷いのあと、加納の体が前傾して踏み込み、黒樫の木刀が政次の喉に伸ばされ、政次の木刀が振り下ろされて、喉を加納の木刀の先端が突き破る前に、
ばしり
と政次の木刀が突きを抑え込んで下方に流した。

「おおっ」

と静かなどよめきが道場に広がり、加納の体が政次の肩を掠《かす》めて後ろに流れ、政次

がくるりと振り向いたとき、加納も反転して突きの構えに戻していた。

「そこまで」

と神谷丈右衛門の声がして、両者がすいっと下がり、一礼した。

「加納様、ご指導ありがとうございました」

政次が礼を述べた。それに対して軽く首肯《しゅこう》した加納が、

「さすがは直心影流神谷丈右衛門道場、町人門弟がこれほどの腕前とはそれがし、考えもしませんでした」

と加納も悪びれる風もなく言った。

「政次は格別にございましてな。加納どのも金座裏の若親分と申せば、聞き及びもあろうかと存ずる」

「なに、この者、金流しの十手の親分、宗五郎の倅か」

「血は繋《つな》がってございませんが後藤《ごとう》家が贈り、家光様がお許しになった金流しの十手を継ぐ若者にございますよ」

「それは知らなんだ、道理で旗本など一顧《いっこ》だにしないはずだ」

「いいえ、加納様、こちらは必死でございました」

「言うな、政次とやら」

と言い放った加納が、

「神谷丈右衛門どの、よい汗を流させてもらった。また機会があれば出稽古に出向いて参る」

と言い置いて道場を下がっていき、その場の緊張した空気が一気に和《なご》んだ。

道場からの帰り道、政次は寺坂毅一郎と肩を並べて赤坂溜池《ためいけ》に出た。

早々に道場から去ったと思っていた寺坂は、連れてきた小者《こもの》を金座裏に走らせ、政次の戻りが遅くなることを告げさせ、自らは道場に残っていた。

「あやつの魂胆はなんだと思うな」

「寺坂様、やはりなんぞ考えがあって神谷道場に稽古にきたのでしょうか」

「神谷道場ではない。そなたに用があってのことよ。覚えはないか」

「最前から考えておるのですが、これまで会《お》うたことがあるとは思えません」

「見所《けんしょ》に中奥小姓組番頭《なかおくこしょうぐみばんがしら》を務めておられた吉村忠哉《よしむらちゅうや》様がおられたで、あの者を承知でございますか、と同門の誼《よしみ》で尋ねた。するとな、吉村老はご存じなかったが、老人の付き人どのが加納傳兵衛は御鈴廊下《おすずろうか》目付《めつけ》と耳打ちしてくれた」

御鈴廊下とは江戸城中奥と大奥をつなぐ廊下であり、上《かみ》御鈴廊下と下《しも》御鈴廊下の二か所だけが大奥への入口である。

上御鈴廊下は幅一丈六尺余（約四・八メートル）だが、中奥と大奥が接するところで二列に仕切られ、将軍専用の通路の入口には九尺七寸の大きな杉戸がしつらえてあった。もうひとつの六尺五寸の小さな杉戸は、中奥と大奥を自由に往来できた御坊主《おぼうず》（女）の通路の入口であった。

御鈴廊下目付とは、中奥と大奥を仕切る中奥側にあって御用を務める者であろうか。

「御鈴廊下目付ですか、寺坂様、いよいよ、縁がございません」

「いや、若親分、なんぞ曰《いわ》くがなければあのような振る舞いに出るものか。神谷先生もそなたとの稽古を許したものの、あやつの魂胆が分からぬゆえに見聞方を自ら買ってでられたのであろう」

「そのお蔭でこうして寺坂様と肩を並べて足で金座裏に帰ることができます」

「それほど強いか」

「加納様、真の力を見せてはおりますまい」

「いや、若親分があやつの動きを嫌って、間合をとった後、そなたの上段に対して加納傳兵衛がとった、突きの構えこそ、あやつの得意技と見たがな、どうだ」

「いかにもさようにございましょう。されど突きを出される前に加納様は逡巡《しゅんじゅん》を見せられました。本気の突きで私の喉を突き破って屠《ほふ》るか、あるいは止めるか迷われました。おそらく傍らに見聞方の丈右衛門先生がおられたゆえ、本気を隠された。ために私の上段からの振り下ろしがなんとか届いて、抑えることができたのです」

「なに、あやつ、そのような挙動を見せたか」

「壁際からではとても加納様の一瞬の迷いは気付かれますまい」

「それを見ていた若親分もすごいや。いや、すごい立ち合いを見せてもらった」

「こちらは冷汗三斗です」

「さて、どうしたものか」

寺坂毅一郎が呟いた。

「どうしたものとはどういうことです」

「しほは身籠っておるというではないか。十一代目の顔を見ずして、十代目になにがあってもいかぬ。御鈴廊下目付どのの魂胆を知らねばな、宗五郎親分にお叱《しか》りを受けるわ」

「とは申せ、加納様の真意が分かりません」

「非番月ゆえいくらか自由も利く。あやつがなにを考えておるか、それがしに任せよ」

と兄弟子《あにでし》にして、旦那の寺坂が言った。

「私ごとで申し訳ございません」

「中奥勤めとお聞きして、いよいよ私には縁なき加納様にございます。ひょっとしたら、加納様は人間違いをなされておられるのではございませんか」

「あやつが人間違いなどするものか。若親分が気付かぬ縁で必ずや両者は結ばれておるわ」

と答えた簗一郎が、

「よし、居眠り猫を嗾《けしか》けてみよう」

と勝手に決め込んだ。

居眠り猫こと猫村重平《ねこむらじゆうべい》は、北町奉行所百二十余人の同心の中でも古手の役人だ。事件の調査記録を司《つかさど》る役職で、ために未解決な事件や巷《ちまた》の噂など、あらゆる雑事を頭の中に記憶し精通しているという同心だ。

居眠り猫の異名《いみよう》は、閑《ひま》の時は鼻から提灯《ちようちん》を作って居眠りしていることから名づけられたものだ。だが、八百八町を日夜走り回る同心たちにとっては、その記憶力はなんとも力強い味方だった。

「猫村様の知識は中奥にまで及びますか」

「おうさ、大奥とて居眠り猫の想像力と好奇心は入り込んでおろう。大奥がいくら上様以外、男子禁制とは申せ、居眠り猫の考えまで禁制にはできまいて」

と応じた毅一郎が、

「吉報を待っておれ」

と政次に言った。

「吉報もなにも、道場で稽古をしただけの間柄にございます」

「いや、こたびはおれの勘があたっていよう。あやつと若親分が真剣で立ち合う機会が嫌でも巡ってくる」

と毅一郎が言い切った。

四

政次が呉服橋前で寺坂毅一郎と別れ、金座裏に戻ると八百亀ら手先は二組に分かれて縄張り内の見回りに出ていた。

だが、宗五郎は神棚のある居間の長火鉢の前に陣取って、菊小僧《きくこぞう》を膝《ひざ》に乗せ、こよりをつかって煙管《キセル》の掃除をしていた。

「遅くなりました」

と政次が宗五郎に詫びると、

「寺坂様といっしょだったか。小者の当吉《とうきち》さんが事情を告げにきてくれたんでな、およその事情は分かっていた」

と答えた。そこへ政次が戻ってきた気配におみつもしほも台所から姿を見せた。

「しほ、安心したよ、打ち身一つないよ」

おみつがしほに真顔で告げた。

「おっ養母さん、しほ、心配をかけました」

と答える政次におみつが頷き、

「膳をこっちに持っておいで」

と台所の女衆に命じた。

政次に朝餉《あさげ》を食べさせながら事情を聞く心積もりだろう。

安堵《あんど》した表情のしほは、五徳に載せられた鉄瓶の湯で茶を淹《い》れ始めた。

「寺坂様が道場に残って、気にするほどの相手たあだれだえ」

「御鈴廊下目付の加納傳兵衛様と申され、加納派無双流と呼ばれる一子相伝の武芸を伝える家系にございますそうな」

「御鈴廊下目付な、珍しいのが現れやがったな」

「聞いたこともないよ」

おみつが洩らし、宗五郎が答えた。

「上様の御側《おそば》にあって、いちばん下役の一人だろうぜ。目付と職名が付いているが、これほど世間に知られてない目付もあるまいぜ」

「寺坂毅一郎様もなぜ御鈴廊下目付が神谷道場に出稽古にきたか、首を捻《ひね》っておいででした。帰り道、ありゃ、道場に曰くがあってのことじゃねえ。名指しで稽古の相手に所望したこの私になにか魂胆があってのことではないかと推量しておられました」

「寺坂様の推測も的外れではあるまい。覚えはねえか」

「寺坂様から何度も尋ねられたのですが、松坂屋時代をつうじても加納様にも御鈴廊下目付にも覚えがございません」

政次の返答に宗五郎が小首を傾げ、膝の菊小僧に片手を置いた。そこへ政次の朝餉の膳が運ばれてきた。

菜は鯖《さば》の片身の味醂《みりん》ぼしに大根おろし、高野豆腐のふくめ煮に納豆に漬物、粕汁《かすじる》の具は人参《にんじん》、里芋などたくさんの野菜で、温め直されていた。

「お腹が空《す》いたろう、お食べ」

おみつが言い、しほが淹れたての茶を箱膳に載せた。

政次は頂戴します、と声を養母としほにかけ、まず茶碗を手にして喫した。

「御鈴廊下目付なんて、奇妙な仕事があったものだよ。これまで聞いたこともないよ」

おみつがまた洩らした。

「城中で上様だけしか入れない男子禁制の場所があるのは承知だな」

「大奥だね」

「おお、そうだ。上様が中奥から大奥にお入りになるとき、大奥に合図がなされる。大廊下の端に鈴の付いた紐《ひも》が張られていてな、中奥側から紐を引くと大奥側で鈴が鳴って、御鈴廊下の奥に控える御錠口《ごじょうぐち》が幅十尺余の杉の戸を開きにくる、その合図が御鈴だ。この鈴が鳴ると上様が大奥にお渡りになる、そんな習わしがあると聞いたことがある。この紐だがな、二十間の大廊下の端に張っていて、いくつもの鈴が括《くく》りつけられているらしい」

「二十間だって、廊下にひきずられてないかい」

「だからさ、天井から二間間隔で別の紐で鈴のついた長紐が釣り上げられているそうだ。こいつをさ、中奥側では御鈴廊下目付が、大奥側では女の御坊主が操る。これらの者たちは上様の目に触れても、実際にはその場になき者として扱われる」

「大奥にはお女中ばかりが何千人も詰めていると聞くが、吉原以上に窮屈な暮らしだろうね」

おみつが感想を洩らした。

「どうしてです、おっ義母さん」

しほが口を挟んだ。

「吉原は花魁《おいらん》衆が大勢いるけどさ、それに倍した男衆もいて花魁衆の面倒をあれこれと見るんだろう。これが大奥となると御台所《みだいどころ》様を筆頭に上臈《じょうろう》から御目見《おめみえ》以下の御末《おすえ》まで女ばかりだよ。そんなところは概して仕来《しきた》りばかりが多くてさ、小うるさいところだよ」

おみつが推測を披露した。

政次は箸《はし》を手にとり、粕汁に手を付けた。その様子を見ていた宗五郎が話柄《わへい》を変えて聞いた。

「加納傳兵衛様の腕前はどうだえ」

「半刻あまり立ち合いましたが、決して技量のすべてを見せられたわけではございますまい。加納派無双流、真剣に立ち合えば恐ろしい剣技にして人物かと存じます」

「そんな人物が金座裏の政次にちょっかいを出してきた、なんのためだ」

「それが皆目見当が付きませんので」

と応じた政次は粕汁の椀を置くと茶碗を取り上げ、高野豆腐を箸で摘《つま》んだ。

「寺坂様が北町の猫村重平様の知恵を借りると、非番の北町にそそくさと戻られました」

「居眠り猫様の知恵な、おれはなんとなくこたびのことは手付《てつき》同心の猫村様では用が足るまいと思うのだがな」

「親分、それはまたどうしてでございます」

「漠とした考えで確信があってのことではねえ。なんとなくこの一件、過去のことではないような気がする」

と宗五郎が答え、

「政次、日中の御用にも銀のなえしを携《たずさ》えていねえ」

と注意した。

「承知しました」

政次が宗五郎の忠告を素直に聞き入れ、

「政次、御鈴廊下目付なんてさ、人間のことは忘れて、朝餉をお食べ」

とおみつの言葉に頷《うなず》き返した政次は膳に向き合い、三人の家族に見守られながら遅い朝餉を食した。

政次が三杯飯をお代わりして朝餉を食べ終えたとき、玄関に人の気配がして、

「邪魔するぜ」

最前別れたばかりの寺坂毅一郎の声がした。

「おや、おれの勘が外れたか。居眠り猫の旦那がなんぞ思い出されたようだな、寺坂様のご到来だ」

と宗五郎が呟いて、紅潮した顔の寺坂を迎えた。それが寒さのせいか、別の理由か、宗五郎には分からなかった。

「寺坂様、朝餉がまだではございませんか」

政次がそのことを気にした。

「寺坂様は政次といっしょだものね、朝餉を食べられるはずもないやね。しほ、御膳を一つつくっておくれな」

おみつに命じられたしほが台所に下がった。

大所帯の金座裏ではどんな刻限だろうと、あるいは数人が突然に食事に加わろうと即座に対応できた。それが金座裏の台所を預かるおみつ、しほ、女衆の心得だった。

「寺坂様、政次と別れてすぐに参られたところをみると、猫村様がまた頭の隅から古い記憶の一つを思い出されましたな」

「親分、そうではないのだ。居眠り猫に会う前に今泉修太郎《いまいずみしゅうたろう》様の御用部屋に呼ばれたんだ」

「別の御用にございましたか」

「いや、それが」

と寺坂の返答は曖昧《あいまい》だった。

「どうなされました、寺坂の旦那」

おみつが茶を寺坂の前に差し出した。供された茶碗を無意識のうちに摑んだ寺坂が、

「親分も承知だね、数寄屋町《すきやちょう》の名主《なぬし》の星野《ほしの》繕右衛門《ぜんえもん》をさ」

「へえ、古町《こまち》町人同士ですからね、代々付き合いでさあ」

「当代の繕右衛門の孫娘のお初《はつ》が大奥女中に奉公に出ていたことを知っていたかえ」

「お初さんは幼い頃から顔立ちが整った利発な娘でしたがな、ここんところ会っていませんな。大奥に奉公に上がっておりましたか」

「御台所や御簾中《ごれんちゅう》やお姫様の身の周りの世話の掛かりでな、旗本高禄の子女しか務められないお役だ。ふつうは七つから奉公に出て、十三で元服して小姓になり、十六、

七歳でご中﨟になるのが大奥勤めの出世の早道だがな、お初はただ今十五歳の元服小姓で、次のご中﨟の有力な候補だそうな。御台所様に仕え、家斉《いえなり》様のお目に止まり手がつけば、側室に大出世だ」

「星野家の孫娘が側室になろうかという話ですかえ、寺坂様が申されたように大奥御小姓に上がるには武家身分で高禄でないとできませんな。だれがお初の養家ですね」

町家の娘が武家に養女に入り、武家身分として御城勤めをすることはよく使われる手だった。

「御側衆駒根木芳里《こまねきよしさと》様がお初を養女に受け入れて、大奥に送り込んだそうな」

「駒根木様ね」

と宗五郎がなにか覚えがあるのか、呟いた。

「で、どうなされました」

「昨日、たそがれ時、いきなりお初が骸で城中から戻されてきた。付き添いの武家の話では、お初に不実ありて成敗なされたと説明されたそうな。星野の家では犬猫ではなし、それだけの話では承服しかねる。もう少し詳しい話をと迫ったそうだが、あまり深いことを追及するならば駒根木家にも星野の家にも大いなる差し障りが生じようと脅迫するように言い残して、城中に引き上げたそうな」

「寺坂様、不思議な話にございますね」

「いくら大奥のこととはいえ訝《いぶか》しい」

「星野では駒根木様に問い合わせても、城中の、それも大奥のことゆえよう分からぬと首を捻るばかりで埒《らち》が明かず、今朝になってお出入りの今泉様にご相談なされた」

「およその事情は分かりましたが、大奥のことではいくら吟味方与力《ぎんみかたよりき》とはいえ町方ではどうにもなりますまい」

「そこで今泉様がな、これは奉行所より金流しの親分の力を借りるのがよいと知恵を出され、それがしを御用部屋に呼び出され、かくの如《ごと》く金座裏に参ったというわけだ」

なんともすっきりしない話だった。

「寺坂様、お初の骸が数寄屋町に戻されたのはいつの何刻にございますか」

と政次が口を初めて挟んだ。

「それだ。昨日の六つ半ごろだというのだ」

「昨日というとしほの『箱根・熱海湯治百景』の展示が豊島屋で始まった宵でございますね」

「それがなにか」

と宗五郎が政次に問うた。

「その刻限、いささか妙なことが」

と前置きした政次は鎌倉河岸の船着場の石段で政次、彦四郎、亮吉、しほの四人の眼の前を不浄門から出たと思える棺を乗せた二艘の船が次々に通り過ぎたことを告げ、さらに言った。

「もし昨日の六つ半の頃合いに星野の家にお初の骸が届けられたとしたら、私どもが見た二艘のうちの一艘にお初の骸が載せられていたのではございませんか」

「間をおかず同じような船が棺を乗せて、常盤橋のほうに行ったんだな」

「はい。亮吉が投げた石が二艘目の船の船縁《ふなべり》に当たってしまい、付き添いの武家の一人が立ち上がってこちらを睨んだのでございますよ。その者は頭巾をしておりました」

「頭巾をかぶった相手な。鎌倉河岸の西にあるのは神田橋御門、そして、そこからは不浄門の平川門に通じておる」

「そういうわけでございます」

「若親分、この話を聞かされたとき、なんとなく今朝、若親分と立ち合いを望んだ御鈴廊下目付の加納傳兵衛を思い起こしたのだがな」

「寺坂様、私も同じことを」

と言い合う寺坂と政次を険しい顔で宗五郎が睨んだ。

「ほう、寺坂様も政次も神谷道場に姿を見せた御鈴廊下目付の加納がお初の骸を届けた者に関わりがあるのではと考えられましたか」

「親分、御鈴廊下目付が大奥で亡くなった元服小姓の死、あるいは始末に関わるものでしょうか」

「ううーん」

と宗五郎が唸《うな》った。

「城中の表や中奥なれば噂であれこれと話が洩れてくることもないではない。だが、大奥となると金座裏の宗五郎もお手上げだ。御鈴廊下目付の加納とて、上御錠口の手前までしか立ち入ることはできまい。お初がどのような不実をなしたか知らぬが大奥でのことと考えるのがふつうだ。となると加納がお初の死に関わりがあったとは思えないのですがねえ」

と宗五郎が考えを述べた。

「親分に言われればそのとおりだが、今泉様も手の施《ほどこ》しようがなくて金座裏に振ったことだ、知恵を絞り出してくれまいか」

「古町町人同士、知らない仲ではなし、力になりたいのは山々でございますがな、星野繕右衛門さんの願いはなんですね。仇《かたき》を討ってくれといわれても無理な話だ」

「そうではないのだ、親分。繕右衛門としては眼に入れても痛くない孫のお初だった、出世を楽しみにもしていたそうな。そんな矢先にいきなり冷たくなったお初が戻された。あの賢いお初が大奥で不実を働くなど考えられないというのだ。繕右衛門としては、お初がどのような不実を働き、どのような成敗を受けたか、真相を知りたいというのだ」

しほが寺坂の膳を運んできた。

「高野豆腐か、うまそうだ」

と箸を取り上げる寺坂の傍らからおみつが茶を淹れ替えた。

「真相を知りたいですか」

「そうだ、親分」

「繕右衛門様の怒りと哀しみはよう分かりますよ。それにしても大奥で起こったこととなると、これはだれが乗り出そうとお手上げですよ」

「親分、おれもな、最後は星野の家が諦《あきら》めるしかないと思うのだ。だがな、親分の考えに逆らうようだが、若親分の前に加納傳兵衛なんぞが現れたことと無縁ではねえ。

不浄門から出てきた船を若親分らが見ているとしたら、いよいよ繋《つな》がりがねえわけではないと思わねえか。こりゃ、こちらでも手を拱《こまぬ》いているわけにもいくまい」

「それはそうでございますがね」

と宗五郎が腕組みして考えに落ちようとしたが政次を見た。

「どうする、政次」

「お初さんがどのように成敗されたか、まず確かめとうございます」

お初の骸を検死したいと政次は言っていた。

「となると、星野の家には挨拶に行かねばなるまい」

「私どもが見た二艘の船のもう一艘の骸はだれか、お初さんと同じように大奥の御女中か。それとも中奥、表で亡くなられた人が他におられたかどうか」

「そいつはこのおれが調べよう。今泉様か内与力の嘉門《かもん》様に願い、小田切《おだぎり》奉行を動かして城中のことを探ってもらおう」

毅一郎は粕汁を啜《すす》って、美味《うま》い、と褒めた。

本丸御殿は表、中奥、大奥と分かれる。

表は将軍の謁見《えっけん》の場所であり、大広間や白《しろ》書院で儀式や行事が行われ、諸役人が詰めた。また役職にある大名諸侯や旗本衆が執務のために控える場所だ。最高の職掌は老中だ。この他に参勤上番で江戸に滞在中の大名諸家が交替で登城し、それぞれ家禄格式に定められた詰めの間で控えた。

中奥は将軍の日常の暮らしを行う居室であり、黒書院などで執務もこなした。大奥は将軍の正室の住まいする御殿向《ごてんむき》、大奥の庶務を執り行う広敷向《ひろしきむき》、女中の居室の長局《ながつぼね》向《むき》と三つの区画からなっていた。

本丸御殿の中でいちばん町方に縁なき場所が大奥だった。

「大奥をどうするな、政次」

「いささか策がないこともございません」

「よし」

政次の返答を聞いた宗五郎が答え、

「おみつ、しほ、星野の家に弔問にいく。政次も連れていく、仕度をしてくれ」

と命じた。

その決断を聞いた寺坂毅一郎が、

「おみつ、しほ、高野豆腐も粕汁もなんとも塩梅《あんばい》がよかった」

と朝餉の礼を述べた。

第二話　大奥・呉服の間

一

数寄屋町は、外堀から通《とおり》三丁目に抜ける両側町で、もとは大工町であったそうな。

そんな数寄屋町の南側に名主の星野《ほしの》家があったが、表戸は下りてひっそりとしていた。

星野家は店《たな》とは別に敷地の横手に格子戸があって石畳が玄関まで通じていた。

羽織を着て数珠《じゅず》を手にした宗五郎《そうごろう》と政次《せいじ》の親子は開かれていたお店の通用口の敷居を跨《また》いだ。すると店の板の間で星野家の番頭《ばんとう》の哲蔵《てつぞう》が男衆らにひそひそと何事か指示をしていた。

「哲蔵さん、お邪魔してよござんすか」

宗五郎の声に顔を上げた哲蔵が、

「これは金座裏の親分さんに若親分、おそろいでどうしなさった」

と問うた言葉に手首の数珠を見せて、

「お別れさせてもらってよいかね」

　と宗五郎が問い返した。

「さすがに金座裏だ。うちではお初《はつ》様を密《ひそ》かに送り出すことが決まったばかりで、この界隈《かいわい》の人だって知らない筈《はず》なのに」

「哲蔵さん、商売柄でね、耳ざといのは許してくんな」

「ちょいと奥に伺って参ります」

「大旦那の繕右衛門《ぜんえもん》様に宗五郎がきたと伝えてくれませんかえ」

「なに、大旦那様に」

　哲蔵がしばし考えていたが、思い当たったことがあるのか得心の表情で奥に引っ込んだ。が、すぐに足音が響いて、繕右衛門が小走りに出てきて、

「金座裏の、わたしゃ、悔しいよ。まさかこんなかたちで戻ってくるなんて考えもしませんでしたよ、お初の大奥勤めを強く勧めたのはこのわたしでね、松太郎《まったろう》夫婦にも申し訳がなくてね」

「大旦那のご心中お察し申します。お初さんにお別れを許してくれませんか」

「宗五郎さん、うちに来られたのはおまえさんの一存かえ」

　宗五郎の言葉を聞いた繕右衛門が探るように問うた。

「いえ、今泉《いまいずみ》の旦那の意を含んでのことにございますよ」

やはり、という顔で大きく頷《うなず》いた繕右衛門が、

「ささっ、奥へと」

と二人はようやく奥へと通されることになった。

お初は蒼白《あおじろ》く透き通った顔に驚きとも怯《おび》えとも付かぬ感情を刻み付けて死んでいた。そんな感情を顔に残しているにも拘《かか》わらず、際立って整った顔立ちで気品すらすでに湛《たた》えていた。

「ご家族のご無念、お察し申します」

宗五郎がいうと旦那の松太郎が顔を歪《ゆが》め、嫁のお郁《いく》が、
わあっ
と泣き出した。

宗五郎と政次は瞑目《めいもく》して両手を合わせ、わずか十五歳で命を絶たねばならなかった娘の成仏を願った。

両眼を見開いた宗五郎が繕右衛門を見た。

「最初におまえさんの顔が浮かばなかったわけではございませんよ。ですが、御城か

ら付き添ってきたお武家さんが町方なんぞにお初のことを調べさせようなんて考えるのではない。駒根木《こまねき》様の屋敷に迷惑もかかる、下手なことを考えた代償はあちらの御家取り潰《つぶ》し、星野家も同様と思えと脅されてねえ。いったんは諦《あきら》めたんだが、このままではいくらなんでもお初が可哀相《かわいそう》すぎると思い直して、今泉様に内々になにか手はないものかと相談申し上げたのですよ」

「大奥での出来事、町奉行所ではどうにも手のうちようがございませんや。そこで難題が金座裏に回ってきたってわけですよ」

「宗五郎さん、なんぞ手だてがございますか」

「大旦那、旦那、正直いって大奥はだれも触れてはならないところだ。だが、古町《こまち》町人の星野家の哀しみを黙って見逃しては金流しの十手《じって》の看板に差しさわりもある。大奥は手の施《ほどこ》しようがないじゃ、いささか情けねえ」

「だからさ、手だてがあるんだね」

「いえ、正直いって思いつかねえ。だがね、話を聞いてお初に付き添ってきた武家が脅したというのが気に入りませんや。お初はこれこれの不実を犯し、大奥の作法に従い、死罪が与えられましたと説明するくらいの思いやりがあってもいいじゃございませんか。犬猫の死ではねえ、真相に蓋《ふた》をしておいて駒根木やこちらに迷惑がかかるゆえ、詮索《せんさく》などするなという無法が大奥とて許されるわけもない」

「金座裏の、よう言うてくれました。なんぞ手だてを工夫してくださいな」

「その前にお聞きしておきたい。星野家に大奥に楯突《たてつ》く覚悟がございますか、そいつをまずお尋ねして金座裏も心構えを決めとうございます」

大旦那の縫右衛門と旦那の松太郎が顔を見合わせた。

「倅《せがれ》、星野の家運が傾いてもお初の無念を晴らす覚悟がございますか」

「お父っつあん、お初のことで星野の家を潰してもよいのでございますか」

と倅が父親に問い返した。

「代々古町町人として数寄屋町の名主として生きてきました。御城奉公に出た娘がなんの咎《とが》も知らされないで不実をなしたゆえに成敗した、そんな理由で骸《むくろ》だけが無残に突きかえされていいわけもない。こたびのことで星野の家が潰れるならば、それも天命致し方ありますまい。それより、なにもしなければあの世で、どの面《つら》下げてお初に会えますな」

「お父っつあんがその覚悟ならば、金座裏の親分さんにこの一件お任せ申します」

「よう言うた、倅」

縫右衛門が宗五郎に頷いた。

宗五郎はしばし沈思した。そして口を開いた。

「まず大奥勤めを勧められたのはどなたか口添えがあってのことですかえ」

「いえ、駒根木の殿様が大奥に手蔓《てづる》があるがお初を奉公に出さぬか、星野家にとって名誉なことゆえと勧められたのが発端でしたよ」

「ほう、駒根木芳里《よしさと》様に勧められてのことでございましたか。また駒根木の殿様はいきなり武家でもないこちらにさような話をなぜ持ち込んでこられたのでしょうな」

縫右衛門が松太郎と顔を見合わせた。

「理由があるなれば正直に宗五郎に話してくだされ。こたびの騒ぎに手をつけるとなると、それしか方策はございませんでね」

「金座裏の、ここだけの内所にしてほしい」

「心得ました」

縫右衛門は頷くとお初の枕元から女たちを去らせた。これで縫右衛門、松太郎、宗五郎、政次の二組の親子四人だけになった。

「駒根木の殿様がいささか手元不如意ゆえ金子《きんす》を用立ててほしいと家に来られたのは二十二、三年前のことにございましたな。私の親父《おやじ》も元気で長いお付き合いの駒根木様ゆえ、御用立てをなされと親父に言われてね、金子を用立てするようになったのです、それが始まりにございました。最初はたしか五十両で、すぐにお返しがございました。ですが、半年もせぬうちにまた借りに来られて、そのようなことが繰り返されて、ある時期から用立てするのをお断りするほど金子が溜まってしまいましてな」

「いくらになっておりました」

「五百両近く」

「大金だ」

「大金です。折に触れて催促は申し上げるのですが口約束ばかりでなかなかご返済がない。そんな折、駒根木様が大奥奉公を持ち込んでこられたのでございますよ。今になって考えてみれば、そのような話に乗るべきではなかったと、倅らに申し訳ない気持ちでいっぱいです。ですが、そのときは、星野家のためになることだし、お初の名誉でもあるとつい駒根木様の口車に載せられてしまいました」

「お初さんを駒根木家の養女にすることは駒根木様からの発案でございますな」

「はい、その通りで」

「お初さんを養女にして大奥に送り込んだ駒根木様の借財は、ごはさんになったのですか」

「そういうわけではございませんでしたが、大奥の要所要所にそれなりの謝礼がいると申されて、うちでは別に二百両を大奥奉公のために駒根木様に用立てました」

ふうっ
と宗五郎が大きな息を吐いた。

「金座裏の、お初が城中からお宿下《やどさ》がりをする夢なんぞを私が見たのがこの惨事を招いたきっかけです。なんとも慙愧《ざんき》に堪《た》えません」

繕右衛門が悔いた。

「駒根木様はお初さんが奉公に出たあと、こちらに新たな借金を願いにこられましたかな」

「見えました。ですが、もはや駒根木様にお貸ししても返済がないのは分かっておりました。ために倅と二人でもはや用立ては出来ないとお断りいたしました」

「そしたら、駒根木様はなんと申されました」

「血相変えてお初の一件では大奥相手に血のにじむような努力をしたのに、この程度の願いも聞けぬか、と荒々しく席を立たれました。以来、駒根木様がうちに見えたことはございません」

「なんとね」

宗五郎は駒根木芳里が札差《ふださし》や両替商に多額の借財があることを小耳に挟んでいた。

「ところでお初さんの骸を運んできた城中の武家は名乗りましたか」

宗五郎が話柄を変えた。

「いえ、姓名も身分も名乗られませんでした」

繕右衛門が顔を横にふった。

「頭巾をかぶっておりましたかえ」

「わが家の戸口までは頭巾をかぶっていたそうです。ですが、さすがにお初を座敷に上げるときに同道なされたお方二人はお顔を見せておられました」

「いくつくらいにございますな」

「一人は五十前後にございましょうか、鬢《びん》も髷《まげ》も白髪《しらが》交じりにございました。もう一人は眼光が険しいお方で三十七、八くらいのお武家様でした」

宗五郎が政次を見た。

「羽織を着ておられたと思いますが、紋はございましたか」

「羽織に紋が入っていたかですって。お初が死んだと聞かされて気が動転して、そこまでは」

と政次の問いに繕右衛門が腹立たしそうに吐き捨てた。怒りは政次に向けられたものではない、自分の不甲斐《ふがい》なさに対してだろう。

「若親分、年配の方の紋は丸に半菊にございました。眼光鋭いお方はたしか……」

　と旦那の松太郎がしばし記憶を引き出すように考え込んだ。

「もしや撫子蝶《なでしこちょう》ではございませんか」

　松太郎が両眼を丸く見開いて政次を見た。

「どうして、若親分はそれをご存じでございますか、たしかに撫子蝶にございました」

　と松太郎が言い切った。

「いささか心当たりがございますので」

「若親分、なぜ心当たりがあるのですな、話を聞かして下され。ここには私ども親子にお初しかおりません。他言するなと言われれば必ず口を閉ざしております。死んだ人間はしばらくこの世に魂魄《こんぱく》が留《とど》まると申します、お初に聞かせてやりたいのです」

　繕右衛門が政次に迫った。

　政次が宗五郎を見た。

「いささか漠然とした話でございましてな、こいつがお初さんの死とどうつながるか、まだ分からない話でございますよ、それで政次もお答えするのを迷っているわけで。どうかそのことを含みおきくださいませんか、大旦那、旦那」

と宗五郎が念を押した。

「承知しました、金座裏の」

と縫右衛門が応諾した。

「昨日の宵口のことだ。政次ら若い連中の四人が鎌倉河岸の船着場で話をしていたと思いなせえ。そこへ棺《ひつぎ》を積んだ二艘《そう》の船が間を置かずに通り過ぎたそうな。その二艘目の船の船縁に手先が遊びで投げた石が水面《みなも》を何度か跳ねてあたった」

と前置きした宗五郎は、政次らの船二艘との出会いの経緯から今朝方の神谷道場に姿を見せた御鈴廊下目付某《なにがし》が政次を名指しのようにして勝負を挑んだ話をざあっと話して聞かせた。

「若親分たちが見た二艘の船の一艘に、手先さんが投げた石があたった船にお初が載せられていたのでございますね」

縫右衛門が宗五郎に問うた。

「まず間違いございますまい。鎌倉河岸の西側は神田橋御門、その先は一橋《ひとつばし》御門で不浄門の平川御門に通じますからね」

「ち、ちょっと待って下さいな。今朝方、神谷道場で若親分に稽古を望んだお侍が撫子蝶の紋所の侍なんでございますね」

松太郎が政次に詰問した。

「はい、いかにもさようでした。撫子蝶なんてそうそうある紋ではございません。それでよく覚えておりました」

「若親分は松坂屋《まつざかや》さんで手代まで上がった奉公人だ。羽織の紋所を間違うはずもない」

と繕右衛門が呟《つぶや》き、

「うちにお初の骸を運んでくる途中で若親分方と小さな諍《いさか》いがあったかもしれない。それにしても根に持って道場まで押しかけ、政次さんに勝負を挑んだとはおかしな話だねえ」

と言い足した。

「お父っつあん、お初が載せられた船をだれにも見られたくなかったのではございませんか。まして相手が金座裏の十代目の若親分となると厄介だと思い、道場に探りを入れにいったのでは」

と松太郎が想像を逞《たくま》しくした。

「松太郎さん、そこまでは今のところ言い切れない。だが、なんとしても相手の動きが素早いや。お初さんの死の真相を探られたくねえと、御鈴廊下目付が動いたのかもしれねえ。となると、こちらの意向に関わらず、うちはすでに大奥の騒ぎに関わりを持っていたことになる。大旦那、松太郎さん、降りかかった火の粉は大奥からのものであっても振り払うしかございませんや。お初さんの死の真相、どこまで突き詰めることができるかどうか、金座裏が探り出しますぜ」

「頼もう、金座裏の」

と星野家の大旦那が言い、両者の間で極秘の探索をなすことが決まった。

「繕右衛門さん、松太郎さん、お初さんは成敗されたと撫子蝶の侍が言ったんだね」

「いえ、その上役と思える年寄り侍がそう言ったのでございますよ」

「お初さんの傷は改められましたな」

「体を浄めましたのでその折に」

と父親の松太郎が答えた。

「心臓《しんのぞう》に一突き、刺し傷がございました」

「成敗を受けたにしても奇妙な傷だな。心臓を一突きですと、検《あらた》めてようございますかえ」

と願うと松太郎が頷き、

「親分、お初の傷を何度も見るのはつろうございます。申し訳ございませんが私も親父も中座させてもらいます」

と願うと繕右衛門と二人で仏間を出ていった。

政次が座敷の隅にあった行灯《あんどん》を引き寄せ、練り絹の死に装束の襟元《えりもと》を開《はだ》けると死因となった刺突《しとつ》を仔細に改めた。

刺し傷は左の乳房下から上向きにぐいっと躊躇《ちゅうちょ》なく突き通されて、おそらく切っ先は心臓に届いていると思えた。

「親分、お初さんは自裁を迫られたのでしょうか」

「娘の力で心臓に届くほど刃を刺し込めるものか、自裁するならば手立ては懐剣《かいけん》だろうが。また顔の驚きと怯えは不意に襲われたことを物語っていないか」

「いかにもさようです」

「お初が自ら罪を償《つぐな》うために命を絶つのなら、親に宛《あ》てて遺書くらい残そうじゃないか。また大奥も遺書を亡骸《なきがら》に添えるくらいの温情があってしかるべきだろうよ。自裁した傷ではねえ、だいいちこの傷は畳針のような先の尖《とが》ったもので刺されたものだ」

大奥勤めの元服小姓が覚悟の自殺をなす場合、懐剣を使うはずだ、と宗五郎はいうのだ。

「親分、お初さんは不実を犯して成敗されたのではございませんね、他人から理不尽に与えられた傷がもとで亡くなった。そのことをこの傷が如実に物語っております」

「間違いねえ」

二人は丁寧に死に装束を直し、お初に向かって改めて合掌した。

「政次、どこから手をつける」

「親分、もう一艘の船にはだれの骸を載せていたのでございましょう。いくら城中に大勢の武家が詰め、御女中衆が住まいしておられましょうとも、一日に二つの骸が不浄門から出されるのは訝《いぶか》しいことです」

「そっちは任せねえ」

と宗五郎が請け合った。

「ならば、私は松坂屋に立ち寄り、大奥の事情に通じたお方がいるかどうか尋ねてきます」

大奥の衣装道楽は豪奢《ごうしゃ》を極めた。

儀式に使う十二単《ひとえ》などの装束は装束司が京などに註文《ちゅうもん》したが、御台所《みだいどころ》、姫君、年寄、上臈《じょうろう》衆のふだん着や打掛《うちかけ》は呉服の間に出入りの呉服屋が豪奢な季節の召し物を大量に担ぎ込んだ。

江戸で大奥御用達《ごようたし》の呉服屋の一軒は、政次が手代まで務めた松坂屋であった。政次はその筋を頼るつもりで宗五郎に言い、宗五郎が無言で頷いた。

二

城中に出入りを許された御用達呉服商も御錠口の奥に入れるわけもない。中奥のしかるべき場所まで運び入れた反物《たんもの》を女衆が呉服の間へと運び込む。するとそこには呉服の間頭《がしら》以下十一人の針子が控えていて、御台所、姫君、年寄、上﨟、ご中﨟が身分の高いほうから姿を見せ、次々に箱から出された反物を身にあて、過日注文していた打掛を羽織って、その仕立て具合を確かめる。またその場で選ばれた反物は、針子によってすぐさま着物に仕立てられ始める。

呉服の間の針子に加えて、御台所や各局《つぼね》には自前の針子がいたから、その数三、四十人を超える針子が大奥で暮らしていた。

この針子の集団は、針を持たせたら最高の技能集団であったという。厳しい大奥の暮らしだが、年に二度針子にとってうれしいことがある。大奥に吟味されて持ち込まれる反物の端切《はぎ》れや真綿の残りなどを、

「お下げ」

渡しされるのだ。

この端切れや真綿は町中の呉服商が扱う品物とは違い、京や加賀の名の通った職人が丹念に染め、織り、縫い箔《はく》された物だけに三年も大奥で務め上げれば、嫁入り衣装が出来たという。

いわば大奥の呉服の間は、町中の老舗呉服店のごとき華やかさで、なんとも楽しい場所であったそうな。

松坂屋を訪ねた政次を一番番頭久蔵《きゅうぞう》が迎えた。

「おや、若親分、いらっしゃい。湯治ご一行様が無事に江戸に戻り、若親分の肩の荷も下りなすったことだろうね」

「番頭さん、仰《おっしゃ》るとおり親分方が元気に帰られて、ほっと安心致しました」

政次が久蔵を番頭と呼ぶのは数年前まで久蔵が政次の上司であったからだ。

「うっかりしていたよ、政次さん」

「なんでございますな、番頭さん」

「しほさんは懐妊とか、金座裏もこれで万々歳だ。政次さん、おめでとうさん」

「番頭さん、ありがとうございます。金流しの十一代目が生まれるか、女の子の誕生かわかりませんが、こちらも安堵致しました」

「古町町人の、まして金座裏は公方《くぼう》様も御目見《おめみえ》の家系ですよ。おまえ様やしほさんにもさぞ重圧であったろうが、湯治旅が功を奏しましたかね、なによりの温泉土産《みやげ》にございました」

久蔵に祝いを述べられ、政次は何度も会釈をしたり頭を下げたりした。

「今日は奥に御用ですかな」

「いえ、番頭さんの知恵をお借りしたくて伺いました。御用の筋です」

「おや、呉服屋の古狸《ふるだぬき》の知恵ね、御用の役に立ちますかねえ」

久蔵が帳場格子を出ると店の裏側にいくつか設けられた店座敷の一つに政次を招じ上げた。

松坂屋の店は隅から隅まで舐《な》めるように拭《ふ》き掃除をしたところばかりだ。政次には柱の傷一つ節一つ、すべて覚えがあった。

店座敷に向き合ったところで女衆が茶を運んできた。初々《ういうい》しい娘で政次が初めて見る顔だった。

「そうか、若親分は初めてにございますな、お直《なお》に会うのは」

「お直さんといわれますか。いかにも初めてお目にかかるのですが、どこかでお会いしたような顔立ちにございますね。見忘れることはないと思うのですが、さてどこで」

と政次が首を捻《ひね》り、

「さすがに金座裏で売り出しの若親分だ。お直の面立《おもだ》ちでそう考えられるとは驚きですな」

「やはり会《お》うておりましたか」

「いいえ、お直は初対面でしょうよ。ですが、お直のおっ母さんは政次さんもとくと承知の人だ」

「分かりました。針子のお伸《のぶ》さんの娘ごだ」

「これだから金座裏に見込まれたのでしょうな。お直、政次さんは以前松坂屋に奉公されて、朋輩のだれよりも早く手代になった御仁だ」

「番頭さん、よく承知しています。おっ母さんに金座裏の若親分の自慢話はなんども聞かされました。金座裏の若親分が手柄を立てるたびに読売を買ってきては、松坂屋時代の奉公ぶりを聞かされました」

と十五、六と思えるお直が頰《ほお》を赤らめて、それでも政次の顔をしっかりとみて返事をした。

「それはお気の毒なことで」

と政次が笑い、久蔵が、

「お伸さんの仕込みがいいでな、若いがもはや一人前の針子として立派にうちでも務まります。ですが、お伸さんのたっての頼みで、針子ではなく見習いの女衆として仕込んで欲しいというのでな、かように客人のときは茶運びをさせております」

久蔵が説明した。

「お直さん、おっ母さんの腕を継げるように松坂屋さんでしっかりと修業してください。先々それがきっと役に立ちます」

「ありがとうございます。金座裏の若親分をいい手本にして精進します」

「お直、政次さんを手本にするのもほどほどにな。また金座裏に引き抜かれては叶《かな》いません」

久蔵が真顔でいい、笑みを浮かべたお直が下がった。

「若親分、して御用とはなんですね。うちに関わりがあることではございますまい」

「いささか厄介なことが持ち込まれました。どこととは申し上げられませんが、孫娘を大奥に奉公に出された古町町人の家がございます。その娘ごに関わる話にございます」

「名主の星野家のお初さんのことですな」

久蔵があっさりと政次の用件をあてたものだ。

この界隈の古町町人は代々の付き合い、およその内所は互いが承知していた。それでも政次は用心して答えた。

「番頭さん、そうとも違うとも答えられません」

「おまえさんの立場ならそう答えるしかあるまいね。お初さんになにかございましたかな、若親分」

上司だった久蔵は追及を止めなかった。含みがあるような語調に政次は腹を固めた。

「番頭さん、少しばかり事情を話します。ですが、この一件番頭さんの腹に納めておいてくれませんか」

「若親分がそう申されるのならば、この口に錠前をかけておきますよ」

久蔵は口に錠を下ろす仕草をした。

「お初さんが骸で大奥から返されたのです」

「な、なんですと、いつのことです」

「昨夜のことです」

「なんと、全く知らないことでした」

「星野の家では事情がはっきりするまで内々に弔《とむら》いを済ますつもりです。ご近所ではただ事ならぬ様子に気付かれた方もおられましょうが、星野の家がひっそりとしているので見て見ぬふりをしています」

「分かりました」

「大旦那の繕右衛門さんと親御様の松太郎さんがいくら大奥とはいえ、不実ありて成敗したの一言で骸を突きかえされたのではお初も浮かばれませんと申されて、金座裏に真相究明の探索が持ち込まれたとお考えください」

「当然な話です。それにしてもこれは厄介だ」

と答えた久蔵はしばし沈黙した。

「いかにも厄介です」

「若親分、なにが知りたいのです」

「大奥をとくと承知の人物に心当たりはございませんか」

「それは政次さんもとくと承知のことだ。たとえばお直のおっ母さんも大奥で何年か修業したお針子です。およその事情は承知でしょう」

「お伸さんが承知の大奥は十年以上も前のことにございましょう。近頃、大奥から辞《ひ》かれてきたばかりの女衆、お針子に心当たりはございませんか」

ふうっ

と久蔵が大きな息を吐いた。

「心当たりがないわけではございません。されどこのお方、なかなか人に心を開かれませんでな、政次さんに口を利いてくれるかどうか、この久蔵にも推量がつきません」

「誠心誠意願ってだめならば、また別の口を探すまでです」

と政次がきっぱりと言った。

久蔵がしばし考えて、

「そんな人だが、お針の腕は名人です。大奥でも登季《とき》さんを手放すのは勿体《もったい》ないと引き止められたようですが、近頃急に眼が悪くなりまして、一人前の奉公が叶いませぬ、大きな失態をしてからでは遅うございますと、引き止めを固辞されたそうな。うちではこの話を聞いて、旦那様と私が登季さんの隠居所を訪ねてみるとね、縁側でしゃかしゃかと縫い物をしているではありませんか。いやはや、その一針一針のきちんとしたこと、流れるような手さばき、見ていて惚《ほ》れ惚《ぼ》れするような縫い仕事でしてね。旦那様と一緒にその手をうちに貸しておくれと願ったんですよ。ですが、その折はなんの返答もございませんでした。それでも旦那様は諦めなされなかった。一度ならず二度三度と願った末にようやく仕上がりを急がない仕事ということを条件に、うちの針子をしてもらうことになりましたのでな」

「お登季様の名人芸を私もこちらに奉公している時分、たびたび聞かされました」

「針子の神様、伝説の登季さんですからな」

「ようも大奥が手放したものでございますな」

「たしかに眼が老いたということはございましょう。ですが、長年体に沁《し》み込んだ技はいやはや見事なものです。今ではうちの大事な仕立てを登季さんが行っております」

「お登季さんが大奥を引き下がられたのはいつのことです」

「八か月前でしたかな」

「お口添え願えませんか」

と政次が即座に願った。

久蔵がしばし考えた。そして、

「政次さんや、これはそなた一人で行かれるより案内人がいたほうがいい。ちょいと奥に断ってきますで、しばらくお待ち願えますか」

久蔵が言い残して奥に消えた。

政次は久蔵自ら登季の隠居所に案内する気だなと思った。だが、なにかあったか、久蔵はなかなか戻ってこなかった。そんな政次が待つ店座敷に昔の朋輩の番頭や手代

が姿を見せて、

「政次さん、番頭さんはどちらですね」

と尋ねたりして、奥と答えるとまた店に戻っていった。

久蔵が立って四半刻が過ぎた頃、

「お待たせしましたな、政次さん」

と姿を見せたのは隠居の松六《しょうろく》だ。久蔵は店に戻ったか、姿はない。

「ご隠居、お出かけでございますか」

「はい。おまえさんの案内をして登季の隠居所にな」

「えっ、案内人というのは松六様で。これは思いがけないことで恐縮至極にございます」

「政次さんや、登季を大奥に送り込んだのは私の死んだ親父様と私でね、登季が大奥からお宿下がりをしたと倅や大番頭さんから聞いていましたが、もはや隠居が出る幕もありますまいと会うのを遠慮していました。話を聞くと金座裏が星野の孫娘のことでひと肌脱ぐという。ならば年寄りが人を引き合わせるくらいは、しないとね」

「言葉もございません」

「若親分、宗五郎親分と先達《せんだつ》で箱根、熱海と湯治旅で命の洗濯をしてきたばかりだ、若い衆を手伝うくらいしないと罰《ばち》があたりますよ」

「ご隠居、なんとも相すまぬことです」

と政次がなんども答えるところに久蔵が手代を連れて、店座敷に戻ってきた。

「政次さんや、この一件、用心にこしたことはない。私の供で昔馴染みを訪ねる体《てい》を装ったほうがよくはないかね。ならば政次さんも金座裏の若親分のなりからさ、松坂屋の手代さんにしばしもどってもらいましょうかね」

と松六が気を利かせた。

「なんとも見事なお手配恐れ入ります」

政次は銀のなえしを抜くと羽織を脱ぎ、手代時代に戻ったように縞《しま》の綿入れに着替えて角帯を締め、髷を直した。

松坂屋の隠居松六に手代が一人、猪牙舟《ちょきぶね》に乗って呉服橋の岸辺を離れた。

大晦日《おおみそか》を前に水上から眺める江戸は正月を迎える気分で、河岸道には臼《うす》を棒に吊るし、杵《きね》を持った餅搗《もちつ》きが忙しげに次の客の家に向かい、子供が凧《たこ》を揚げていた。また鳶《とび》の親方が町屋を回って得意先に門松を拵《こしら》え、松飾りを角口に飾っては祝儀をもらう光景が見られた。

手代姿に戻った政次は、舟から町の様子を眺めながら、船頭をちらりと振り返った。

黙々と棹《さお》を使うのは龍閑橋《りゅうかん》際の船宿綱定《つなさだ》の彦四郎《ひこしろう》だ。

松坂屋の出入りの船宿は綱定ではない。だが、登季の隠居所が、横川の西、深川山本町に南北を挟まれた飛び地の海辺新田と聞いて、

「舟でいくのでございますならば、龍閑橋の綱定の彦四郎を猪牙の船頭に願えませんか」

と政次が乞《こ》うた。

だが、登季への土産を風呂敷に包んだ荷を抱えた手代は、彦四郎と顔を会わせていなかった。政次はこたびの一件、どこでどう相手の眼が光っているか考えて、いつにもまして用心深く行動していた。

政次が気にしたのは、松坂屋の隠居の身になにがあってもいけないということだ。

ふだん付き合いのない松坂屋から猪牙舟の依頼、それも船頭を指名された綱定では客を送ろうとしていたのを別の船頭に振り替えて彦四郎を松坂屋に向かわせた。

「船頭さん、ご隠居が川向こうに御用です。よろしくお頼み申しますよ」

松坂屋の番頭の一人に見送られて、へい、と畏《かしこ》まり、慣れた手付きで猪牙舟を御堀から一石橋の下に向かわせた。

「ご隠居、湯治で温まった体が筑波颪《つくばおろし》で冷えませんかえ」

と彦四郎がのんびりとした口調で聞いた。

「箱根と熱海、二めぐりの湯治で温まった体が一冬持つといいがね。年寄りは冷え性だ、まず無理かね」

「いやさ、湯治で血のめぐりがよくなった、冷えが治ったなんてよく聞きますからね、ご隠居の顔の色つやもよろしいや。きっと箱根と熱海の湯の功徳《くどく》で、春先まで風邪《かぜ》もひきませんぜ」

「そうかね、それだといいが。それにしても猪牙にわざわざと炬燵《こたつ》を入れてくれるなんて気配りが行き届いた船宿ですね」

「女将《おかみ》さんが松坂屋のご隠居が客と聞いてね、正月を前にうちの舟に乗って風邪を引かせたのでは申し訳ないと屋根船の炬燵を猪牙に設《しつら》えたんですよ」

「なんとも炬燵に膝まで入って、極楽舟ですよ」

と松六は炬燵に両膝を差し入れ、彦四郎と向き合って座っていた。

白髪頭が師走の陽射しに光っていた。

「ご隠居、大川に出てくれと番頭さんに命じられましたが、行き先はどこですね」

「仙台堀と横川が交わる手前の深川山本町にはさまれた海辺新田ですよ」

「浄心寺東の飛び地ですね」

政次は背に幼馴染の声を聞きながら彦四郎が政次に気付いているのかどうか、考えていた。知らんふりをしている様子だが、彦四郎は気付いていると思った。そして、彦四郎の舟にはいつも棹の他に手ごろな棒が何本か積み込んであることを確かめていた。

彦四郎に背を向けて座った政次は、そっと棒の一本に手を触れた。堅木の棒は長さ三尺五寸（約一〇六センチ）ほど、径が一寸五分（約四・五センチ）ほどあった。これならばなにがあっても得物《えもの》になった。それに彦四郎がいれば鬼に金棒だ。そんなことを考えながら政次は手を棒から離した。

「今年の師走の景気はどうですね」

「ご隠居、日本橋川の両岸に人が出て、忙しげに動き回ってますがね。なんとも金が動かねえ、使わねえ。それじゃあ、景気がつきませんや」

「舟を使う客の財布の紐《ひも》も固《かと》うございますか」

「みみっちいことをいうようだが、祝儀や心づけが少なくなりましたよ、ご隠居」

「そうですか。船を使う客が見えを張らないようでは、景気はつきませんな。厳しい年の瀬ですかね」

隠居の松六の言葉にはさほど切迫感はない。もはや商いを離れて倅の由左衛門《よしざえもん》に家督を譲っているせいだろう。

彦四郎はすでに櫓《ろ》に替えていた。

ゆったりとした漕ぎ方だが、六尺を越えた体がしなるとぐいっと猪牙舟が水を搔《か》き分けて進んだ。船足が出るように船底を細く尖らせた舟は、下手な船頭だと左右に不安定に揺れた。だが、彦四郎が漕ぐとひと揺れもしないのだ。

「さすがに彦四郎さんだ、猪牙の乗り心地がなんともようございますよ」

「ご隠居、なんでも十年修業して半人前だ。わっしは綱定に奉公してやっと十年になろうかというところですよ」

「ですが、彦四郎さんは子供のころから鎌倉河岸や龍閑川で水遊びをして、流れも櫓の漕ぎ方も覚えなすった。その時期を加えれば、とうに十年は越えてましょう」

「餓鬼の時分のいたずらを入れればさようにございますがな」

彦四郎が応じたとき、舟はいつしか大川の合流部の豊海《とよみ》橋を潜ろうとしていた。

「手代さん、風が大川の上から冷たく吹き付ける、おまえさんも炬燵に足を入れなせえ」

彦四郎が政次の背に言った。

「いえ、私は」

と政次が小声で答え、猪牙舟は大川に出た。

「これから大川を横切ります、佐賀町の堀に舳先《へさき》を突っ込むまでの我慢にございますよ、ちょいとご辛抱願います。ご隠居さん、若親分」

と彦四郎の声がした。

ふっふっふ
と笑ったのは松六だ。

「物心ついた時からの幼馴染、ごまかせませんか」

「いやさ、ご隠居、松坂屋さんからの注文は珍しいでね、今日は変わった日だぜと思っていたら、彦四郎と船頭が名指しされているというじゃありませんか。おかしな日だぜと思いながら、呉服橋際の船着場に猪牙をつけて、ご隠居をお迎えしたんだが、お供の手代さんが腰を屈《かが》めて背丈を低く見せようと苦労していましたしね、妙だなとはおもった。それに風呂敷包みで顔を隠していたんで最初は気が付きませんでしたがね、最前、そおっと舟に転がる棒を触るんでね、こりゃ、金座裏の若親分の変装かえと思い当たったんでございますよ」

「むじな長屋で育った彦四郎の眼を欺《あざむ》くのは難しゅうございますね、ご隠居」

と金座裏の若親分の口調に戻した政次が苦笑いした。

「手代に戻したにはなんぞ理由があるのだな、若親分」

「あるんだ」

「なんぞ危ないご用か」

「なんとも言えないな、用心にこしたことはないからね」

と政次が答え、

「ともかくこたびの一件で松坂屋のご隠居の知恵を借りようとしたんだが、ご隠居自ら、とある人のところにご案内下さるというのでね、彦、おまえを船頭に指名したんだよ。師走のことだ、万が一の用心だよ」

「ふーん」

と鼻で返事をした彦四郎が、

「経緯は聞かせてもらえるのかえ」

と尋ねた。

「彦、おまえもすでに関わりがあることだよ」

前置きした政次は、鎌倉河岸で昨日の宵に見た骸を積んだ城中からの不浄船には星野家の孫娘が載せられていたのだと、これまでの事情をざあっと語り聞かせた。

彦四郎は金座裏の手先ではない。だが、これまでも多くの捕り物に加わり、手柄も上げていた。なにより兄弟のように育って気心が知れた間柄だ。ちゃんと話していたほうが、なにかあった場合の対応が効くと思い、政次はすべてを彦四郎に聞かせたのだ。

話が終わったとき、猪牙は仙台堀に入っていた。

三

「彦四郎さんや、ちょいとお待ちくだされや」

と願った松六と手代に扮した政次が堀留《ほりどめ》から河岸道に上がった。

大奥に針子として三十年余勤め、最後には呉服の間頭にまで昇りつめたという登季の隠居所は、堀留沿いの海辺新田の飛び地にあった。

昔、永代寺《えいたいじ》門前町の川魚料理屋の主《あるじ》夫婦が余生を過ごすために建てたという家をそれなりの金子《きんす》で購《あがな》い、独り暮らしでも住み易いように登季は手を入れていた。

敷地は七十数坪ほどだが周りが敷地の広い屋敷に囲まれて緑も多く、塀が低いせいか、隣地の庭木と溶け合ってなんともゆったりと感じられた。

家は小体《こてい》ながら二階建てで一階に八畳の居間に三畳の女中部屋、それにゆったりとした板の間がついた台所があって、寝所は二階にある様子と、政次は松六に説明をうけた。

「ご隠居、よくご承知にございますね」

「いえね、お登季さんが宿下がりして隠居所を持ちたい、ついては松坂屋に心当たりはないかと前もって相談を受けていたんですよ。そこでお登季さんの希望、川向こうで静かだが辺鄙《へんぴ》ではない場所という願いをあれこれと考えて、三つばかり物件を探しておきました。お登季さんが自ら見て決めたのが、海辺新田のこの家でしてね」

と竹垣の間に檜皮《ひわだぶ》葺きの門を差した。

「いえ、訪ねるのは初めてですが、私が方角やら間取りやらを店の人間から聞きとり飲み込んでおりましたし、手入れをした棟梁《とうりよう》もうちの知り合いですからな、なんだか、昔から承知していた家のように思えますよ」

と政次に答えた松六が、

「それにしてもこの界隈にかような閑静な一角がございましたか」

と呟くと片側が開かれていた門から身を入れ、

「お登季さん、松坂屋の松六です、近くまで来たので寄らせて頂きました」

と声を張り上げながら飛び石を玄関へと向かった。

松六は松六なりに用心をしたつもりで、そんな声で訪《おとな》いを告げたのだ。その声に奥で人の気配がして、小女《こおんな》が姿を見せた。

「お登季さんにお目に掛かれますかな。松坂屋の隠居がきたと伝えてくだされ」

その声でようやく相手がだれか知った様子の女主が廊下をきびきびとした足取りで姿を見せ、

「これはこれは、松坂屋の松六様、隠居所の世話をしてもらいながらご挨拶《あいさつ》にも伺っておりませんで欠礼をしております」

と玄関廊下に座って松六に詫びた。

「お登季さん、そんなことはどうでもようございますよ。お登季さんがうちのお針子を務めてくれるというので、お客に喜ばれております。欠礼はお互い様にございます。本日はそなたにな、ちょいと知恵を借りたくて伺いました」

「ささっ、お上がり下さいな」

とお登季が松六を招き上げ、

「手代さん、おまえさんは土産の品を台所に運びなされ」

と命じた。

政次は小女と一緒に台所まで入り、松坂屋の女衆がみつくろった正月用の鏡餅を始め、正月の食べ物が包まれた土産をおくと、居間に通された松六のところに向かった。

「お登季さん、一人手代を伴《ともの》うてきましたがな、本日の訪いにはいささか理由がございます」

「おや、なんでございましょう」

お登季の眼が政次に向けられた。

「この者が松坂屋で手代を務めていたのは数年前のことにございましてな、ただ今はうちの奉公人ではございません」

「どういうことにございますな、松六様」

「金座裏の十代目を継ぐ政次さんにございます」

「おお、聞いたことがございます。松坂屋の手代さんが金座裏に鞍替《くらが》えして金流しの十手の大名跡《みょうせき》を継ぐことになったと大奥でも針子たちが噂話をしたことがございます。この若い衆が若親分にございますか」

「お登季様、金座裏の政次にございます。身分を偽り、松六様のお供をしてきたのは私のたっての願いにご隠居が応《こた》えられてのことにございます。ご不快でございましょうが、お許し下さい」

と政次が頭を下げた。

「やれ、おかしやな。私は何十年も世間とは無縁の大奥で過ごしてきた人間です。金座裏の関心を引くようなことが、この登季にございますか」

「お登季様、世間の話ではございません。大奥のことにございます」

「ちょっと待って下され。いくら金座裏が代々の公方様お許しの金流しの家系とはいえ、城中の、それも大奥のことに関心を持たれるとはどういうことにございますか」

「お登季様、私の話をまず聞いて頂けませんか」

登季はしばし沈思して、こっくりと頷《うなず》いた。

政次はことの一部始終を登季に話した。

話が終わっても登季はすぐに口を開かなかったが、

「厄介なことを」

と呟いた。

政次も松六も登季が気持ちを落ち着けるのを待った。だが、なかなか口を開かなかった。

「お初さんはご存じにございますな」

と政次がついに尋ねた。

「元服小姓のお初様なればよう承知にございます」

「どのような元服小姓にございますか」

「町人の出ながら次のご中﨟はお初様と大奥では皆が認識していたほどに、賢いお方で美貌《びぼう》は群を抜いておりました。間違いなくご中﨟に上がれば上様のお手がついたはずにございます」

「そのようなお初様が不実をなし、成敗されたとしたら、どのようなことが考えられましょうか」

登季が政次をひたと見た。

「指先ほどの不実も私には考えられませぬ。お初様はひたすらご奉公に努めておられましたし、御台所様にも目をかけられておられました」

と答えた登季が瞑目して思案した。

長い刻が流れ、両眼を開いた登季が、

「大奥の罠《わな》に嵌《はま》ったとしか考えられませぬ」

「大奥の罠とはどのようなものにございますな」

「女ばかりが暮らす後宮《こうきゅう》が大奥にございますれば、上様や御台所様の身近でお世話をなすご中﨟にだれもが昇進したい、出世したいと考えておるものです。されどだれもがそのような御役に抜擢《ばってき》されるものではございません。まずご中﨟になるのは直参旗《じきさん》本の家系でも三河《みかわ》以来の譜代《ふだい》、名家の娘が選ばれる。ところがお初様は町方の出にございました」

「お登季さん、お初さんは旗本駒根木家の養女として大奥に上がった筈《はず》にございましたな」

　松六が口を挟んだ。

「ご隠居、行儀見習いに大奥に入る子供衆にも厳しい決まりがございます。されど抜け道はなくもございません。お初様のように大身《たいしん》旗本の家に養女として貰《もら》われ、そこから大奥に上がるようにな。子供衆の折は武家養女であっても許されたものが、お初様のように元服小姓に上がり、ご中臈は間違いない、上様のお手が着くのも時間の問題と大奥全体がなんとのう考えたとき、足を引っ張る輩《やから》が姿を現しても不思議ではございますまい」

「嫉《ねた》まれた末に、なにか間違いを起こしたことにしてお初様は始末された」

　と松六が言った。

「そのようなことがないわけではございますまい。いえ、それしか考えられません」

「お登季さん、どなたか心当たりがございますかな」

「ご隠居、こればかりは軽々に口にするわけにはいきませぬよ」

登季がぴしゃりと言い切った。

しばし沈黙のあと、政次が問うた。

「お登季様方は中奥のお武家様方と全く口を利く機会や顔を合わせることはないわけでございますか」

「若親分、公《おおやけ》にはございません。ですが、そのような厳しい監視の下《もと》に置かれるのはお初様のようなご中臈に出世する女衆に限られておりまして、私どもお針子のような女衆は中奥まで入ってくる御用達の呉服屋の番頭方と同じ座敷で反物を選び、受け渡しします。ゆえに接する機会はないこともございません。されど、そのように同じ場所にいたとしても、じかに口を利くことはございませんゆえ、面談したとは言い切れませぬ。御目見以下の女衆もそのようなことはあろうかと存じます」

頷いた政次が話柄を変えた。

「御鈴廊下目付加納傳兵衛様をご存じにございますか」

登季の顔が一層険しさを増して政次を見た。

「若親分、どうして加納様の名を出されましたな」

政次は、お初を載せた不浄船を見た翌朝、神谷丈右衛門道場に突然現れ、政次を名指しで立ち合った御鈴廊下目付のことを告げた。

「その者がお初様の亡骸を星野家へ運び込んだ一人にございます」

なんと、と登季が怯《おび》えた表情を漂わせ、虚空に視線をさ迷わせた。

「大奥で御鈴廊下目付は始末人と呼ばれております。女衆がなにかしでかして成敗を受けるときに必ずや御鈴廊下目付の名が出てきます。大奥の女中衆の間ではその名は忌み嫌われておりました」

「どうやらその者が私に目を付けたようなのです」

「若親分、あの者だけは十分に気をつけて下され」

登季が政次の顔を正視して忠告した。頷き返した政次は、

「お登季様、私どもが鎌倉河岸の石段で見たのは全く同じ装いの不浄船二艘にございました。その夜、不浄門を二艘が相次いで出て、私たちの眼の前を通り過ぎた。二艘目はお初さんの骸を載せた船と分かっておりますが、一艘目にだれが載せられていたか、皆目見当が付きません」

登季は思い迷う顔付きでいたが、

「しばし日日を貸して下され。いささか思案してみます」

と言い切った。

「お登季様、危ない頼みごとをしておいて、身辺に気をつけてくださいもないもので

すが、ご注意のほどお願い申します」

「大奥で三十年余、生き延びてきた針子です。生き抜く知恵は持っておりますよ」

固い笑みを浮かべた登季が言い切った。そして、政次に眼差《まなざ》しを向けた。

「御鈴廊下目付の加納様は、城外に妾《めかけ》を囲っているという噂が、数年前のことですが流れたことがございます。真偽は分かりませんが、なんでもお宿下がりした大奥女中が妾とか」

「噂は消えましたので」

「はい、すぐに掻き消えました」

「お登季様、なんとも得難《えがた》い話にございますが、今回の騒ぎとは関わりがないかもしれませんね」

と応じた政次は松六に頷き返し、

「お登季さんや、うちは大奥ではございませんでな、大事な客のための仕立てだけをお願いしますで、楽しみながら仕事をして下されよ」

と松六が最後に言い残して、二人は登季の隠居所を辞去した。

横川で彦四郎は松六と政次の帰りを待ちながら、辺りの気配を窺っていた。だが、さすがに御鈴廊下目付の目は登季の身辺までには届いていないように思えた。

子供が凧を上げるために河岸道を走っていき、ゆっくりと陽射しが西に傾いた。

「彦四郎さん、待たせたね」

と松六の声がして手代に扮したままの政次と戻ってきた。

「手代さん、待っている間にこちらを注視している野郎はいないかと気を配ったんだがね、どうやら未《ま》だいないようだぜ」

と彦四郎が小声で告げた。

「船頭さん、有難うございました」

と礼を述べた政次と松六を猪牙舟に乗せ、海辺新田の飛び地を離れて仙台堀に向かった。

「ご隠居、お願いがございます」

「なんですね」

「彦四郎に金座裏まで送らせます。親分に会い、お登季さんの話をすべて伝えてくれませんか」

「おまえさんはどうしなさる」

「彦四郎の勘はあたっていると思います。未だ私どもやお登季さんに大奥の眼は光っていないことはたしかでしょう。されどお登季さんになにがあってもようございません。私はこの場に残り、お登季さんの身辺を見張ります」

政次には見張りの他に考えることがあった。

「政次、一人で大丈夫か」

「彦四郎、親分が必要と思われれば手先を送ってこよう。ともかく私はお登季さんに張り付く」

「分かった」

彦四郎が仙台堀へと猪牙舟を曲げ、深川亀久町と深川東平野町の間に架かる亀久橋の下に入れた。だが、橋の下から猪牙舟が姿を見せたとき、客は炬燵を抱えた松六一人だけだった。

政次は亀久橋の薄暗がりから日暮れが迫る東平野町の河岸道に出ると、海辺新田飛び地の西側に回り込んだ。

寺の塀が見えた。

万治元年（一六五八）に開基された浄心寺の塀で、初代、二代の坂東彦三郎、小堀蓬雪、狩野英信、永徳、三代の岩井半四郎など芸事に関わった人々の墓があることで知られていた。

暗くなって北風が埃《ほこり》を巻き上げるように吹き付けてきた。

政次は懐から手拭《てぬぐ》いを出すと、頬被《ほおかむ》りをし顔を隠すと同時に寒さ除《よ》けにした。

登季の隠居所は浄心寺側から見えなかった。だが、江戸の大店《おおだな》の御寮と思える二軒の建仁寺垣の間に路地が伸びて、登季の隠居所の裏手につながるような気がした。

政次が路地を進むと果たして隠居所の裏手に出た。回り込めばどうやら隠居所の門前にも出そうだ。

(どこか身を隠すところはないか)

と政次が考えながら隠居所の裏口を通り過ぎようとすると、ふいに小女の声が流れてきた。

「師匠、お葉《よう》さんを呼んで参ります」

政次は御寮の裏口の天水桶《てんすいおけ》の陰に身を潜めた。

小女は登季から針仕事を習いながら女衆を務めているのか、登季を師匠と呼んでいた。

「おしん、夕餉はうちでいっしょにと言うんですよ」

登季の声がして、小女のおしんが裏口を出ると路地を河岸道へと向かった。

政次はおしんをやり過ごして、天水桶の陰で見張りを続けることにした。

おしんがお葉らしき女を連れて戻ってきたのは半刻後のことだ。深川界隈には夜の帳《とばり》がすでに下りていた。

表から入るお葉と裏口に回ったおしんが隠居所に消え、しばらく時の経過を見て裏戸を押してみた。するとおしんは急いでいたためか、閂《かんぬき》を下ろすのも忘れていたようで戸は開いた。

台所ではおしんが夕餉の仕度を始めた様子があった。

政次は床の下に潜り込むところはないかと隠居所をぐるりと回り込むと、縁の下が見えた。

雨戸は未だ閉じられてない。半間の廊下の向こうが最前、登季と対面した居間を兼ねた仕事場だった。

行灯《あんどん》の灯《あか》りが障子越しに庭に零《こぼ》れてきた。

灯りを避けた政次は縁の下に長身を滑り込ませた。背中で這《は》っていくと廊下と座敷の仕切り下は格子で閉じられていた。だが、格子を触っていくと端っこで何本か格子が抜けるようになっていた。普請の折、床に入り込むための工夫だろう。

政次がずるずると居間の下に身を移すと、しわがれ声がしてきた。

「お初様が死んで骸で返されたって」

「お葉さん、死んだんじゃないよ、殺されたんですよ」

「違いない」

お葉もどうやら大奥の針子仲間のようだった。

酒でも飲みながら大奥で奉公を仕上げた二人の針子が話し合っている、そんな光景を政次は想像できた。

「お初様が殺されたということは、元服小姓のお梗《きよう》様の実家が動いたんだね、お梗様の父親内藤《ないとう》義一郎直丞《ぎいちろうなおすけ》様はなんとしても娘を上様の側室に上げる気でいるからね。五千七百石をかけても娘をお手付き中﨟にして、定火消御役から御近習衆《ごきんじゅ》に出世したいそうだからね」

「内藤家は親父様の代から火消役なんてとお役を不満に思っているそうな。そこでお梗様を大奥に送り込んだんですよ。それをお初様が横手からさらっていったとしたら」

「内藤家が大奥の始末人の御鈴廊下目付加納傳兵衛に始末を願って殺させた」

「お葉さん、滅多なことは口にしないほうがいいよ」

「いくらなんでも大奥の始末人が深川まで出張ってはきますまい」

「いや、金座裏の若親分が剣術の稽古をしている道場に姿を見せて、名指しで腕前を調べていったそうだよ」

「なんですって、だけどお登季さん、大奥のことに町方が首を突っ込むわけもありますまい」

「いかにもさようですよ。だけど、不浄門を出た二艘の船を金座裏の若親分方がたまたま見ていたそうな。町方に変にかんぐられてもと、あの御鈴廊下目付が次の朝には動いたんですよ」

「驚いたね、大奥の始末人と金座裏の真っ向勝負かね」

「お葉さん、一艘目の船にはだれが骸で載せられていたと思うね」

「はてだれか、加納がお初様を始末するところをたまたま見た者がいたら」

「始末されますね」

「ということですよ」

針子二人の会話はしばらく途切れた。酒を注ぎ合うような気配が床下にまで伝わってきて、

「お葉さん、金座裏にどこまで話したものかね」

登季が葉に相談する声がした。

「始末人加納傳兵衛が大奥を離れて動くとなると、こっちの命だって狙《ねら》われるよ。こ

こは口を堅く閉ざしていた方が利口だよ」

「お葉さんは松坂屋の仕事がもらいたいのだろう。松坂屋に恩を売っておくのも一つの考えと思うがね」

「命あっての物種ともいうよ。だけど、私だって松坂屋の仕事はしたい。ここはしばらく様子見でどうだろう」

葉の決断に登季の返答はしばし間があった。

「そうするかねえ」

「それがいいよ」

政次はそのやりとりを聞いて床下から縁側へと這っていった。すると、

「夕餉はハマグリと大根の鍋にしたよ」

「あっさりとした酢醬油《すじょうゆ》で食べると堪《こた》えられないね、酒がすすむよ」

という会話がかすかに耳に届いた。

四

政次は登季の隠居所を抜け出ると東平野町の河岸道まで戻った。

だが、そこには寒風が吹いているだけで人の気配もなかった。

政次は松坂屋のお仕着せを脱ぐと、床下を這いずった汚れを叩き落として、また着直した。

宗五郎が手先を派遣するにしてももう少し時を要しよう。待つしかないかと政次は肚《はら》を固めて、堀留に架かる南外れの吉岡橋に向かい、船着場に下りた。そこは河岸道より風が通らなかった。橋の袂《たもと》にある常夜灯の灯りがおぼろに届く橋下で待つことにした。

彦四郎の推量どおり、御鈴廊下目付の加納傳兵衛はこちらの動きに追いついてないと政次は考えていた。まさか大奥を辞めた針子の聞き込みをしているなんて少なくとも今の時点では考えてもない、と判断した。

登季の隠居所の床下に忍んだお蔭でお初を御鈴廊下目付に命じて始末させた人物が浮かんできた。

直参旗本五千七百石の大身、定火消役の内藤家の当主義一郎直丞がお初を始末する動機を持っていることが分かったのだ。

若年寄支配下の定火消役は、江戸の火災消防および警備を司《つかさど》る職掌で、御先手弓組から三組、鉄砲組から七組の都合十組で編成され、定火消役は四、五千石以上の旗本が就いた。定火消役は臥煙《がえん》と称する火消しを屋敷内に三百人ずつ抱えていなければならなかった。このために御役料は三百人扶持《ぶち》であったが、見えを張る大身旗本にとって、決して魅力のある御役ではなかった。

内藤家の当主がそのような考えの持ち主がどうかは分からなかったが、大奥で三十年余奉公してきた、

「女の勘」

を見捨てたものではないと政次は考えていた。

夜番が見回る拍子木の音が水面を伝って響いてきて、

「火の用心、さっしゃりましょう」

という声が続いた。すると仙台堀のほうから櫓の音が響いてきた。ゆったりとした櫓の音は彦四郎の漕ぐ音だと政次は思った。そこで橋下から出て、水面を見た。

猪牙舟の船頭が彦四郎なら、常夜灯に浮かぶ政次の姿を見落とすことはないと思った。

靄《もや》が立つ仙台堀に猪牙舟の舳先に着けられた提灯《ちょうちん》の灯りが浮かんで、大きな船頭の影は果たして彦四郎だった。無言のままに亮吉《りょうきち》らしき小さな影が手を振り、猪牙舟は、吉岡橋を潜《くぐ》って海辺新田の飛び地へとやってきた。

猪牙舟に乗っているのは亮吉の他に稲荷《いなり》の正太《しょうた》に常丸《つねまる》だった。

「若親分、待たせたな」

　と橋下に舳先を入れて舟を止めた彦四郎が言った。

「松六様は宗五郎親分に事情を話されたろうね」

「ああ、ご隠居は親分に会ってよ、すべてを話されたと思うよ。おれは玄関で待っていたからね、話の次第までは知らないや」

「若親分、親分は松坂屋の隠居と会《お》うたあと、こっちに出向くつもりで仕度をしていなさった。そこへ奉行所から遣いがきてね、急な呼び出しだ。そこで親分がおれたちにまず海辺新田に助っ人にいけ、と命じられて松六様を見送りがてら北町に行かれましたので」

　稲荷の正太が政次に告げた。

　どうやらあちらこちらで急に動きが出てきたようだ、と政次は思った。

「若親分、腹が空《す》いたろう。おかみさんとしほさんが弁当を持たせてくれたぜ」

　と亮吉が風呂敷包みを差し出した。

「おまえさん方は食べたかい」

　と政次は問いながら、霧を掻き分けてくる船の櫓の音を認めた。

　仙台堀を往来する船にしては刻限が遅かった。

不浄船か。

「亮吉、提灯の灯りを消しておくれ」

政次の命《めい》に亮吉が素早く動いた。

しばらく間があって無灯火の船が姿を見せた。船には数人の人影が乗っているのが分かった。不浄船とは船影が違った。

「くそっ、おれが連れてきたか」

と彦四郎が悔しげに言った。

「いや、彦四郎、偶然かもしれないよ、様子を見ようか」

政次は猪牙舟に乗り込んで姿勢を低くした。それに合わせるように船頭の彦四郎も正太も常丸も亮吉も舟底にへばりついた。

相手の船は猪牙舟より大きく、早舟のようだった。

政次らが息を殺して見ていると海辺新田の土手下に船が着けられ、一つの影が土手に飛び下りた。

「様子を見てまいりやす、ちょいとお待ちを」

と言い残した着流しが土手を上がった。

彦四郎の猪牙舟とはおよそ半丁（約五十五メートル）ほどの距離があった。橋下の暗がりに止まった猪牙舟に気付いた様子はない。

「御鈴廊下目付の旦那、なかなか目端が利いているようだ。お登季さんが宿下がりした住まいまで承知かもしれませんよ」

政次は昼間確かめておいた三尺五寸ほどの木刀を手に再び猪牙舟を下りた。

「若親分、わっしらも」

正太が政次に問いかけた。

「稲荷と常丸はあの船を見張っていてくれませんか。まずあやつらの正体を見極めるのが先決です、亮吉を連れていきます」

亮吉がその言葉を聞くやいなや機敏に猪牙舟から下りて、政次に従った。

二人は、海辺新田の土手下に止まった船の死角の橋陰から河岸道に上がった。これでお互いが見えなくなった。

「若親分、大奥なんぞに関わりができるなんて考えもしなかったぜ、なんだか厄介だな。いつもと勝手が違うぜ」

「亮吉、大奥はそうかもしれない。だけど、城の外に出た人間に危害を加えようなんて無法が許される筈もない」

「だけどよ、星野のお初さんが殺されたのは大奥だぜ」

「そこだ、どうやら奉行所も親分もそのへんで苦労しておられるようだ」

「お初を殺《や》ったのが御鈴廊下目付なんて野郎だとするとどうするね。おれたち町方には手が出せまい」

「いかにもさようだ」

と答えた政次は、お登季の隠居所の玄関に向かう路地を窺った。

人影はなく、路地に闇《やみ》と寒さが支配しているばかりだ。

「まずは船の者たちがお登季さんに用事のあってのことかどうか調べよう。すべてはそれからだ」

政次もまた大奥から始まった事件にいささか苛立《いらだ》ちを感じていた。闇の路地に歩を進めようとした。すると土手に人の気配がした。船の連中が様子を見にきたか。

政次と亮吉は路地の右手の御寮の塀下の闇に飛び込んで身を潜めた。

四つの人影が河岸道に姿を見せた。町人ではなく、屋敷奉公の武士だった。

「角次《かくじ》はどこにおる」

「あやつしか、針子の隠居所は知らぬのだ。この界隈に間違いはないのだがな」

「口を封じよと命じられたのだ。手早く事を済ませようではないか」

と河岸道で四人が話し合い、

「船にじいっとしておるのも寒くて叶わぬが、吹きっさらしの河岸道も寒いぞ」

「それにしても針子を三十年も務め上げると、かような土地に隠居所が持てるものか」

「大奥では金を使うところも暇もあるまい。それなりに貯め込んでいよう。口を封じるのなれば、物盗り《ものと》が入り込んだように隠し金も頂戴していこうか」

とよからぬことを話しているところに、
ふわり
と着流しの男が姿を見せた。角次のようだ。

「笠間様《かさま》、登季の家に客がいますので」

「なにっ、客じゃと」

「いえ、針子仲間の葉を呼んで宴会にございますよ。大奥を下がった女を見張る役のおれも登季の住まいの側《そば》にお葉が住んでいようとは知りませんでしたぜ。師走にハマグリ鍋で酒を呑んでやがるので」

「他にだれがおる」

「小女が一人おりやす」

「女三人か、押し込みが入って皆殺しにしていくぞ」

「へえ、ついでに火を放ってはどうです、この風できれいさっぱり燃えて、針子なんぞは灰になってこの世から消えますぜ」

と応じた角次が、

「加納様の手配りには感心致しましたぜ。金座裏が針子のところに聞き込みに回るはずと言われていましたがね、やはり来ていましたぜ」

「どうやって大奥の針子であった者の居所を金座裏は調べ上げたのだ」

「笠間様、金座裏の政次って野郎は松坂屋の手代だった男ですぜ。お登季が松坂屋の仕事を貰っているとなれば松坂屋と金座裏の仲だ、すぐにも知れまさあ。それより加納様の眼は城の外にまで行き届いて、驚き桃の木山椒《さんしょ》の木だ」

「よし、いくぜ」

と五人が路地へと姿を消した。

「亮吉、稲荷と常丸を呼んできておくれ」

「合点だ」

と亮吉が駆け出していき、政次は棒を手に路地へと紛れ込んで五人を追った。

五つの影は登季の隠居所の前で二手に分かれようとしていた。

隠居所から漏れる明かりが門前に落ちていた。だが、相手の顔の表情までは見分けられない。

気配に角次が振り向いて、

「だれだえ、てめえは」

と政次を睨《にら》んだ。

「ご承知と思いましたがね」

「まさか金座裏の政次って野郎じゃねえよな」

「いかにもその金座裏十代目の政次にございますよ」

「てめえ、何の用だ」

「それはこっちのセリフにございますよ」

角次が笠間と呼ばれた黒羽織に視線を向けた。右手はいつしか後ろ帯にかかっていた。そこに匕首《あいくち》でも挿しているのか。

「こやつ、一人か」

と笠間の仲間が尋ねた。

「ならばどうなされますな」

「まずこやつの始末をして女三人にかかろうか」

笠間が手順を決めた。

「笠間様、こやつ、あのお方が手子摺《てこず》った相手ですぜ」

「加納様は本気を出したわけではあるまい。こやつの腕を確かめられただけだ。われらは角次、おぬしを入れて五人、なんとでもなる。手早く済ますぞ」

「合点だ」

五人が登季の隠居所の門前で半円に散った。

政次は、彦四郎の舟から持ち出してきた樫《かし》の棒を片手正眼に構えて、角次の動きを見た。

角次の後ろ手が出てきた。

一尺ほどの棍棒《こんぼう》を二本手にしていた。その一本をぱらりと落とすと二本の短い棒は六、七寸の長さの鎖で結ばれていた。

琉球《りゅうきゅう》あたりで使われる武器で、ぬんちゃくと称した。

だが、政次はその得物と初めて接することになる。

角次が手にした棒を片手で回し始めた。鉄鎖に結ばれた二本の棒が三尺弱の一本の長さになったかと思うと、角次の手の動きで自在に回転しながら政次に迫ってきた。

政次は、棒に両手を添えて正眼の構えを保持した。

鉄鎖につながれた二本の棒がどう変化するか、政次はそのことを念頭に置きつつ、待った。

動いたのは笠間だった。

角次の得物に動きを封じられたと考えたか、腰を沈めて間合を詰めてきた。

政次は、笠間の体が角次と政次の間に挟まれる位置へと身を滑らせた。これで角次の奇妙な得物が効力を失った。

笠間は居合《いあい》を使うのか、腰の一剣を抜きあげようとした。

政次も踏み込んで間合を詰め、笠間の剣が鞘《さや》から抜ききらぬうちに棒の先端が相手の喉元《のどもと》を襲った。

六尺二寸余の長身が滑らかに動き、長い腕の手に保持された棒の先端が笠間の喉笛に食い込んで笠間の体を後ろに飛ばしていた。

「うっ」

と立ち竦《すく》む笠間の仲間三人を尻目に政次は、角次に襲いかかっていた。

角次は笠間の体がふっ飛ぶのをみて、ぬんちゃくを右手から左手に持ち替えて、逆の回転で政次の鬢を強打しようとした。素早い動きはぬんちゃくを修業した者の得意とするところだ。

だが、政次は大胆にも間合を詰めてきて、角次の肩口を反対に叩いていた。

角次の体が腰砕けに門前に転がった。

「おのれ」

「囲め」

と口々に叫んだ三人が構えた剣を振り下ろす前に政次の動きが相手を上回り、腰、胸、肩口をしたたかに殴られた三人が転がった。

「若親分、遅くなった」

と亮吉が稲荷の正太と常丸を従えて駆けつけてきた。だが、そのときは五人目が、どさり
と倒れたところだった。

「なんだい、一人で。おれたちにも残しておくがいいや」

亮吉が政次に文句を言った。

「そんなことよりこの者たち、どうしたものか」

「大身旗本の家来か、大名家の奉公人だぜ。町方がお縄にできるわけもなし、うっちゃっておきねえ、若親分」

「いや、お登季さんの隠居先まで知っている連中だ。このままにしておくとお登季さんらの命が危ない。この騒ぎが落ち着くまでこやつらをどこかに詰め込んでおきたい

のだがな。亮吉、そのようなところを知らないか」

　と政次が聞いたとき、

「この界隈にあるぜ」

　と彦四郎の声がした。

　政次が振り向くと彦四郎が長い竹竿《たけざお》を小脇に抱えて姿を見せた。

「知り合いの廻船《かいせん》問屋の土蔵がこの近くにあってよ、頑丈な錠前がかかるようになっていらあ。まあ、おれが口を利けば、二、三日くらい土蔵の一つに閉じ込めて、一日一度飯くらい与えてくれそうだ」

「彦四郎、この五人の始末が決まるまで頼んでくれまいか」

「金座裏の名前を出してもいいな」

「構わない。だが、こいつらにどこに幽閉されたか、知られたくないな。あとで廻船問屋に迷惑がかかってもならないからね」

「任しておきな」

　と彦四郎が答え、

「亮吉、ぼうっとしてねえで手足を縛らねえか」

　と亮吉に命じた。

「おっ、素人《しろうと》に指図されたぜ」

と言いながら亮吉が、

「まずこやつからだ」

と角次の手足を高手小手《たかてこて》に縛り上げ、稲荷の正太と常丸も加わって五人を次々に縛り上げた。

「若親分はどうするね」

「お登季さんの隠居所を加納傳兵衛に知られているとなると、お登季さんと仲間のお葉さん、小女おしんの三人をどこぞ安全な場所に匿《かくま》わなければなるまい。夜中にどこぞに連れていくことも無理だ」

「金座裏に連れていくというのはどうだ」

と亮吉が言い出した。

「それが一番安全だね」

「ならば若親分、おれたちでこの五人を知り合いの土蔵に放り込んでくるからよ、待っていてくんな。帰りに立ち寄って若親分と大奥の針子さんだった隠居を舟に積んでいこうじゃないか」

「猪牙舟に八人は乗れまい」

「こ奴らが乗ってきた船があるじゃないか。大川を越えたらこ奴らの船は大川に流しておこう」

「よし、そうと決まればこやつらを堀留まで運ぼうか」

政次を含めて五人が一人ずつ肩に抱えて堀留まで運び、笠間らが乗ってきた船に五人を積み込んだ彦四郎の船は仙台堀へと姿を消した。

一人残った政次が登季の隠居所に戻り、最前出入りした裏戸から敷地に入り込み、勝手口をどんどん叩いて、

「お登季さん」

と何度も呼んだが返答がない、だが、中でまだ起きている気配があった。

「入りますよ」

と断った政次が勝手口の戸を押し開いて台所に入ると、居間から女たちの賑《にぎ》やかな声がしてきた。

「まだ宴が続いているようだ」

と思いながら政次が板の間に上がり、廊下伝いに居間に向かい、

「お登季さん、金座裏の政次にございます。いささか急用でお邪魔しました」

と障子を開くと長火鉢にお登季とお葉らしき女が差し向かいでいたが、もはや正体

はないようで、

「おや、若親分、いいところにおいでなされました。駆け付け三杯、ささっ、どうぞ」

と猫板の上に転がっていた徳利を逆さに摑《つか》んで差し出しながら、お登季が呂律《ろれつ》の回らない舌で言った。

第三話　大奥・女忍び

一

金座裏《きんざうら》にごうごうと地鳴りのような鼾《いびき》が響いていた。

横川の西、堀留《ほりどめ》にある海辺新田の隠居所から酔っぱらった登季《とき》とお葉《よう》、それに半分眠りこけた小女《こおんな》のおしんの三人を、彦四郎《ひこしろう》の猪牙舟《ちょきぶね》に乗せて仙台堀から大川に出て、永代橋《えいたいばし》を潜《くぐ》り、日本橋川から一石橋《いちこくばし》際に舟をつけた。

政次《せいじ》、彦四郎、亮吉《りょうきち》の三人でぐでんぐでんになった二人の針子と小女の三人をなんとか金座裏に運び込んだ。

夜半過ぎ、政次らを迎えたのは宗五郎《そうごろう》、おみつ、しほに、金座裏の番頭格の八百亀《やおかめ》らだが、連れ込まれた三人を見て、だれもが呆《あき》れてすぐには口が利けなかった。

「まあ、盛大に飲んだものだね、酒臭いったらありゃしないよ。まさか亮吉、おまえも飲んでいないだろうね」

おみつが亮吉を睨《にら》み据えた。

「おかみさん、よしてくんない、一滴だって飲んでねえよ。それにしてもよ、女の酔っ払いってすごいものだね。吹きっ晒《さら》しの猪牙の上でもよ、酒の臭《にお》いがすごいんだ。おれ、気分が悪くなっちゃった」

「亮吉、おめえのふだんの姿だと思いねえ」

「親分、おりゃ、酒は止《や》めた」

「おや、外は冷えるだろうと思ってさ、酒の支度はしてあるよ。しほ、止めておこうかね」

おみつがしほに笑いかけ、

「ともかくこの三人をどこぞに寝かすのが先だね」

と言った。

しほと八百亀がすぐに動いた。

「二階に上げるのだって大変だよ。なにしろ酔って正体なくした体ってのは、ぐにゃぐにゃして重いのなんのって」

「亮吉、おめえはなりの小さなおしんをひっ担いできただけじゃないか。小娘の体をおおっぴらに抱けてよかったな。明日、お菊《きく》に亮吉がやに下がっていたっていっておこう」

「ち、ちょっと待てよ、彦四郎。おれは御用だから、おしんを抱えてきたんだぜ。人助けだ、そんな話はねえだろう」

「おしんはただ眠いだけで酒を呑《の》んでいるわけじゃねえ。叩《たた》き起こして歩かせればいいじゃないか」

「おりゃ、若親分と彦がお登季さんと針子仲間をそれぞれ肩に担ぎあげるのを見てよ、つい見倣《みなら》っただけだ。それをさ、関わりがねえお菊ちゃんに告げ口なんてするなよな」

と亮吉が口を尖《とが》らし、

「なんにしても女の酔っ払いは厄介だ」

と話の矛先を変えた。そこへ、

「今晩は差し当たって玄関口の座敷に布団を敷きました、おっ義母《か》さん」

としほが知らせにきた。

「それでいいよ。ともかく三人して寝かせておしまい」

おみつの言葉に政次らが何とか三人を座敷に運び上げ、布団に寝かせたが登季と葉の鼾は止まる様子はなかった。

金座裏の居間に宗五郎、政次と八百亀が顔を揃《そろ》え、手先たちは台所に仕度してあった夜食と酒を前にした。なぜかその場に彦四郎までが残っていて、だれもが不思議って顔をしていないところが、金座裏の七不思議の一つかもしれなかった。

「亮吉は酒を止めたそうな、みんなも勧めるんじゃないよ」

「おかみさん、つい口が滑ったんだ。おれだけ、酒なしはねえだろう」

「ともかくもう遅いんだ。さっさと酒を呑んで体を温め、寝てしまいな」

おみつの言葉に、

「頂戴します」

と全員が応じて深夜の会食が始まった。

居間では政次が宗五郎に報告を始めた。

こちらにも酒の仕度ができて、宗五郎、八百亀はちびりちびりと舐《な》めるようにして政次の報告を聞いた。

松坂屋を訪ねた政次が大奥勤めをしていた針子の登季の隠居所を訪ねることになった経緯からの話だ。いくら手際のいい政次でもざあっとした報告に四半刻はかかった。

ふうっ
と話を聞き終わった宗五郎が息を吐き、

「政次、えらく長い一日だったな」

と労《ねぎら》い、

「しほ、政次に熱燗《あつかん》の酒を呑ませねえ」

と命じた。

「親分、大奥なんて女ばかりの世界だと思うだろう。だがね、御台所《みだいどころ》様を筆頭に女ばかりの暮らしだからゆえにさ、節季の初午《はつうま》、四万六千日《しまんろくせんにち》、針供養の十一月八日なんぞは大奥でどんちゃん騒ぎをして、羽目を外《はず》すって聞いたことがある。ふだん仕来《しき》りだ、決まり事だと縛られて生きている世界は、酒を呑むとなるととことん、飲むものかねえ」

八百亀が一つ座敷を挟んだむこうから聞こえてくる鼾のほうに目をやった。

「八百亀、今晩、お登季さんと朋輩《ほうばい》を正体なくすほど酒を呑ませた動機は、御鈴廊下目付の存在かもしれないぜ。元服小姓のお初《はつ》が加納傳兵衛《かのうでんべえ》に始末されたかもしれないと知って、恐怖を忘れようと飲み過ぎたって考えられないか」

「親分、おおいにそうかもしれねえな。それにしても大奥は窺《うかが》いしれない世界ですね、始末人なんて野郎が暗躍するんですぜ」

「いやさ、いくら御鈴廊下目付の加納傳兵衛でも大奥には自由に入り込めまいと思うんだがね、お初はどこで殺されたか」

と宗五郎が呟いた。

「それにしても政次、おめえが登季の隠居所の床に這《は》いずり込んだお蔭で、話がだいぶ見えてきた。定火消役の内藤義一郎直丞《ないとうぎいちろうなおすけ》様か、えらく尊大な殿様だと覚えているが」

「親分、あの定火消役、近頃じゃ、半鐘が鳴っても二度に一度は屋敷から出ねえで、体付きの似た用人に陣笠、火事場装束を着せて、あたかも内藤様自ら火事場に出馬した体《てい》を装っているらしいぜ」

呆れたもんだと宗五郎が顔を歪《ゆが》めた。

「定火消役は、江戸の防火と治安を守る大事なお役目だ。それをないがしろにして、自分の娘を大奥に差し出し、ご中﨟に上げて上様のお手付きを願い、てめえは御近習に鞍替《くらが》えしようって魂胆がさもしいや。三河以来の大身旗本も落ちたものだな」

「親分、大きな声ではいえねえが、およそ旗本の半分、いやさ、七割方は肝っ玉のねえお武家様だ」

「いかにもそうかもしれねえ」

と言った宗五郎が政次の杯を満たし、

「政次、肝玉なしの直参旗本がもう一人いるんだよ」

と言った。

「星野のお初さんを養女にして大奥に上げた駒根木《こまねき》芳里《よしさと》様にございますか」

「いかにもさようだ」

と政次に頷《うなず》いた宗五郎に、

「親分の話を聞く前にこちらに彦四郎と正太《しょうた》を呼んでようございますか」

と断った。

「おお、話があれば呼びねえ」

宗五郎の許しを得て、彦四郎と稲荷《いなり》の正太の二人が居間に呼ばれた。

「彦四郎、ご苦労だったな」

宗五郎が手先でもない彦四郎に言葉をかけた。

「親分、なんぞ用か」

彦四郎が宗五郎にまるで金座裏の手先のように尋ね返した。

「彦四郎、稲荷の兄さん、お登季を襲った連中の正体は知れましたか」

政次が宗五郎に代わって居間に呼んだ理由を訊《き》いた。

「若親分、彦四郎さんの知り合いの廻船《かいせん》問屋の土蔵に押し込むのが手一杯でさ、そこまでは手が回っておりませんので」

と正太が面目なさそうに言った。

「まあ、致し方ございません。今晩はお登季さん方の命を守るのが先でしたからね。親分の判断を仰《あお》いで、明日にもあやつらの処分は決めましょうかね」

と政次が言い、彦四郎を見た。

「遠州屋《えんしゅうや》って廻船問屋を親分、若親分、承知かね」

政次が首を横に振ったが、宗五郎が言い出した。

「横川の遠州屋は、十年前までは江戸の廻船問屋でも三指に入る商いをしていたはずだ。たしか長崎から荷を積んだ二艘《そう》の船が突風に煽《あお》られて、土佐沖で沈船したのが、けちの付き始めではなかったかえ。今じゃ、看板も下げて、知り合いの廻船問屋の孫請け仕事で、ほそぼそとした商いをしていなさると聞いたがね」

「さすがに金座裏の親分だ、なんでも承知だね」

「彦四郎、遠州屋と昵懇《じっこん》か」

「遠州屋の主《あるじ》の十左衛門《じゅうざえもん》とは若旦那の頃から親しくてね、まあ、水仲間、船仲間だ、前ほどじゃねえが、いまも付き合いがある」

と彦四郎が答えた。

「親分、隠居所に踏み込んでよ、骭の三人の口を封じようとした野郎どもを叩きのめしたのは、おれたちじゃねえ、政次若親分が独りでさ、おれの猪牙に転がっていた棒きれで始末されたんだ」

と彦四郎が経緯を報告した。

「なに、五人をのしたのは政次ってか」

「へえ」

と彦四郎が応じて、

「亮吉の知らせで正太と常丸《つねまる》の兄いが駆け付けたが、若親分の早業《はやわざ》に間に合わなかったんだ。おれはそのあとでよ、なんの役にも立たなかった」

と彦四郎が苦笑いした。

「政次、お手柄と褒めたいが、なえしを持参していなかったか」

「松六《しょうろく》様のお供の手代に扮したもので、私の服装《なり》から持ち物まで松坂屋さんに残してございますので」

「そうか、そうだったな。いや、話の腰を折って悪かった、彦四郎」

「いきなり大番屋に引っ立てるには五人の身許《みもと》が知れねえや、若親分はどこぞにあやつらを押し込めておいて、あやつらの背後に控える黒幕を知ろうと考えたようでな、おれが海辺新田の遠州屋の土蔵を思い付いたってわけだ。がきのころ、十左衛門と悪さをしていた時分にあの土蔵を使ったから、どこに鍵《かぎ》が隠してあるかとくと承知だ。何年かぶりに土蔵を訪ねたが、ちゃんと鍵はあったぜ。あやつら五人は、土蔵の柱にしっかりと結びつけてきたから、まあ、一日二日はなんとでもなる。十左衛門には明日にも許しを願っておく」

彦四郎が笠間ら五人を閉じ込めた場所をこう説明した。

「彦四郎、遠州屋の土蔵に押し込めたのは上出来だったよ。それであやつらの懐も探らずに戻ってきたのか」

「へっへっへ」

と政次の問いに彦四郎が笑った。

「おりゃ、金座裏のお手先じゃねえものな。こちらのだれに命じられて動くわけでもねえ」

「それで懐中のものを抜いてきたんだな」

「笠間って野郎の紙入れをな、これだ」

彦四郎が懐から使い込んだ紙入れを出して、政次の前に置いた。

「中を検《あらた》めたかい」

「若親分、そんな暇があるものか。第一、この場に呼ばれるまでこの紙入れのことを忘れていたよ」

「抜け目がないのか、おっとりしているんだか、判断がつかねえ手先さんだぜ」

と宗五郎が笑い、政次が紙入れを宗五郎に渡した。

「どれどれ、なんぞ面白いものが入っていると正月も近いし、彦四郎に小遣いが渡せるんだがな」

「金座裏から小遣いか、悪くねえ。だがよ、小遣いなんぞをもらうと金座裏にばかり肩入れするってんで、おれは綱定《つなさだ》を首になりそうだ」

「彦四郎さん、うちにこねえか、綱定の大五郎《だいごろう》親方から払い下げてもらった猪牙でさ、金座裏専属の船頭てのはどうだ」

「八百亀の兄さん、それまた悪くねえ話だがよしておこう。金座裏がおれを要《い》るときに働くくらいがちょうど似合いだ。だいいち、おりゃ、船頭の仕事が好きでさ、いろんな客から話を聞くのが面白くてさ、舟暮らしが似合っているのさ。改めて金座裏に鞍替えしてみな、政次若親分は別にしても亮吉の下で働くことになるんだぜ」

「そりゃ、よしたほうがいいな」

八百亀と彦四郎がかけ合う間、宗五郎が紙入れから中味をすべて長火鉢の猫板の上に出した。

「三両と一分《ぶ》二朱《しゅ》と旗本内藤家の定火消役同心の鑑札、紙片が一つだ」

「親分、お登季を襲おうとしたのは内藤家の定火消同心かえ。天下の直参旗本の家来が呆れたもんだぜ」

「笠間三十郎《さんじゅうろう》というらしいな、八百亀」

定火消役の下には御役それぞれに六騎の与力、三十人の同心が従い、三百人の臥煙の指揮取締りを行った。

元々定火消役は、御先手弓頭、御先手鉄砲頭からなる武闘集団である。その流れを汲《く》む定火消役の与力同心に武術に長《た》けた者がいるのは当然のことだった。

笠間がそれなりの遣い手であったとしても不思議ではない。

「親分、御鈴廊下目付と内藤家が結びつくといいがね。内藤の当主は定火消役から御近習衆に鞍替えしたくて、娘を大奥に差し出したほどだ。加納傳兵衛とつながると、大奥でお初が殺された絵解きができるんだがね」

と八百亀が宗五郎に応じた。

九代目と八百亀は政次たちが物心つくかつかないうちからの知り合いだ。

八百亀は八代目の宗五郎にも仕えた老練、ふたりの息はぴったりだ。だから、このようなとき、政次は口出しを遠慮した。

宗五郎が四つに折り畳んだ紙片を丁寧に広げた。無言で読んでいた宗五郎が政次に渡した。

「針子頭の登季の口を封じよ、案内人の角次《かくじ》を遣わす　鈴」

とあった。

「中奥の御鈴廊下目付は外にも手下を持っておるようですね。これは加納傳兵衛から内藤義一郎直丞の配下同心笠間三十郎に宛てたものと考えてようございましょうね」

「まずそうと見て間違いなかろう。中奥にいながら大奥を支配し、大奥から宿下がりした女衆が自分らにとって不都合と分かれば、即座に口を封じる。許された所業じゃねえ。明日にも小田切《おだぎり》奉行にお報《しら》せ申しておいたほうがよかろう。その次第で笠間らの処分は決めようか」

宗五郎が言った。そして、

「政次、星野のお初を養女にして、大奥に送り込んだ駒根木芳里様だがな、養女にして大奥に送り込んだのはお初ばかりではない。何人も口を利いて、口銭を稼いでやがる。こたびの一件を星野の家がいくら駒根木に注文をつけたところで、大奥に星野の気持ちが伝わるわけもねえ。それが分かったんでな、小田切様に内々に申し上げてきた」

　直参旗本を監察糾弾《きゅうだん》するのは御目付だ。

　町奉行が旗本御家人《ごけにん》に口出しする権限はない。

　だが、幕府開闢《かいびゃく》から二百年が過ぎて、武家社会も町人社会も複雑化して、二つの社会に関わり、触れに反する騒ぎが起こることが生じていた。監督権限をまたがっておこる事由に対して、町奉行職が得た情報を、御目付、大目付に流して取り締まってもらう相互関係が暗黙裡《り》に成立していた。大目付、御目付から寺社方や町方に情報が伝わってくることもあった。

　北町奉行の小田切直年《なおとし》の耳に入ったということは、当然御目付に非公式に伝わることを意味した。

「お初の一件だが、繕右衛門《ぜんえもん》さんが大奥で行儀見習いの奉公などと考えられなければよかったことだ。とはいえ、このような考えはあとから出てくるものでな、お初の若い命を亡くして気付くことになった」

「親分、繕右衛門様との約束はどうなされますか」

　と政次が念を押した。

「金座裏がいったん引き受けたことだ、まして、大奥を恐怖で支配する御鈴廊下目付のことを知った以上、ちゃんと決着はつける。政次、その気持ちでこたびのことの解決にあたれ」

「はい」

と応じた政次が、

「親分、私どもが見た一艘目の不浄船の骸の身許ですが分かりましたか」

「それだ。少なくとも表と中奥にあの日、亡くなって不浄門を亡骸《なきがら》で出た者はいない」

「となると大奥でお初の他にもう一人殺された可能性が考えられますので」

「あるいは不浄船に乗ってどなたかが城の外に出たか」

「親分、そんなことがありかねえ」

「八百亀、七代将軍家継《いえつぐ》様の治世下、大年寄の江島《えじま》は山村座の役者生島新五郎《いくしましんごろう》と密会して咎《とが》められ、信州高遠《たかとお》に流されたぜ。恋に目が眩《くら》んだ女も男もどんなことでもしようじゃないか」

宗五郎の言葉にその場の者たちが小さく頷いた。

「いや、おれは棺桶《かんおけ》に生きた人間が乗っていたと決めつけているわけではねえ。その可能性もないことはないと言っているだけだ」

「親分、明朝いちばんで遠州屋の海辺新田の土蔵にいき、なにを承知か、笠間三十郎ら五人の尋問を致したいと思いますが」

「おれもいこう」

宗五郎が言い出し、明日いちばんの手順が決まった。

鼾は相変わらずごうごうと金座裏の一階に響き渡っていた。

二

御堀から濃い霧が立ち昇っていた。

今年もあと二日を残すばかりだ。

宗五郎、政次、亮吉が一石橋の船着場に下りると、すでに彦四郎が猪牙舟に乗り込み、舟の掃除を終えていた。

「彦四郎、大五郎さんに知らせてきたか」

「起き抜けで綱定に戻ってきたぜ。親方は、金座裏の仕事をしているとなるとおれはあてにできないから、船頭の数から抜いてあるとさ」

「そのうち綱定から彦四郎の名が消えてさ、へっへっへ、おれの弟分になるんじゃないか」

「亮吉、まかり間違ってもそれだけはねえ、勘弁してくれ」

彦四郎が応じて、宗五郎、政次の二人が猪牙舟に乗り組んだ。

「風はねえが、水の上は結構寒いぜ」

「春はそこまで来ているんだがな」

宗五郎が彦四郎に掛け合いながら胴の間にどっかりと腰を下ろして、用意された煙草盆《タバコ》を引き寄せた。

亮吉が舫《もや》い綱を外して舳先《へさき》に乗り、片足で杭《くい》をぐいっと押した。彦四郎が棹《さお》を使って日本橋川に猪牙舟を出した。

宗五郎が吸う一服の煙が霧に紛れて消えた。

「亮吉、舳先で眼を凝らしていねえ、魚河岸《うおがし》にくる押送《おしおく》り船なんぞとぶつかりたくねえからな」

彦四郎に命じられた亮吉が猪牙舟の舳先に跨《また》がり、

「よし、おしょくりがきたら怒鳴りつけて避けさせよう」

と請け合った。

「三丁櫓《ろ》の早送りにぶつかってみねえ、猪牙なんぞはひとたまりもねえよ。亮吉ののし烏賊《いか》が出来上がるぜ」

「正月を前に縁起でもねえ。彦四郎、霧が晴れるまでゆっくりといけ」

亮吉がのし烏賊に変わるのは嫌さから、そう命じた。

「昨日今日の船頭じゃねえよ、日本橋川の隅から隅までご存じの彦四郎様だ、心配するな」

彦四郎がいうと猪牙舟を川の南岸沿いを日本橋へと向かわせた。

魚河岸に向かう房《ぼう》州や相《そう》州からの早送り船は一刻を争って大川から日本橋川に入ってきて川の北側に立地する魚河岸を一気に目指す。そこで彦四郎は猪牙舟を南岸にそって、日本橋の下を潜らせ、大川へと向かった。

「おーい、綱定の仁王様よ、鯖《さば》を二、三尾持っていくか」

と魚河岸からこちら岸に渡ってきた小舟から声がかかった。

彦四郎にとっても金座裏にとっても日本橋川は馴染《なじみ》の深い川だった。

「こちとら金座裏の御用の手伝いだ、鯖もって御用もできめえぜ。恒吉《こうきち》さん、次の折まで鯖を預けておこうか」

「やっぱり煙草を吹かしておいでなのは、九代目の金流しの親分か。おや、どぶ鼠《ねずみ》も舳先に張り付いているぜ」

青物町の魚屋、魚恒《うおつね》の若い衆が仕入れた魚を積んだ小舟を木更津《きさらづ》河岸に寄せていきながら軽口をたたいた。

「魚恒の若い衆よ、おりゃ、やもりじゃねえよ」

「金座裏のどぶ鼠、川の中に落ちるんじゃねえぞ」

亮吉にまで声をかけた若い衆が彦四郎に視線を戻し、

「仁王様よ、鮮度が命の魚だ、何日も預けられてたまるものか、またな」

対岸から威勢のいい競《せ》りの声が響いてきて、次々にぴちぴちと活《い》きがいい魚を積んだ船が魚河岸の船着場に寄せられていき、魚恒のように仕入れた魚屋が店に急ぐ姿が見られた。

猪牙舟が日本橋川の二番目の江戸橋を潜り、鎧《よろい》の渡しと交差するころに風が吹いてきて霧が、
すうっ
と消えていった。

「よし、これでいい」

川面《かわも》から霧が吹き飛ばされて、南茅場町《みなみかやば》の河岸道に吹き流されて見通しがよくなった。

「ふあーあ」

と亮吉が生欠伸《あくび》をして、

「親分、女三人、よく寝るな。おれたちが出てきたときよ、まだ鼾かいて寝ていたぜ」

「よほど飲んだかねえ」

「それとも金座裏がよほど寝心地がいいか。眼を覚ましてよ、ぶっ魂消《たまげ》る様子が眼に見えるようだぜ」

「大奥で三十年も気を張って過ごしてきたんだ。宿下がりして箍《たが》が外れたんだろうぜ」

と宗五郎が笑った。

「親分、ちょいと遠州屋に寄って十左衛門に土蔵を勝手に使わせてもらった一件、断っていきたいがいいかねえ」

「土蔵の連中を四半刻待たせたからって、文句もいうめえ」

宗五郎が横川の廻船問屋遠州屋に立ち寄ることを了承した。

彦四郎は大川に出る前に日本橋川から箱崎裏河岸の堀に猪牙舟を入れて、中州《なかす》を目指し、新大橋を手前にして大川を素早く横切ると小名木《おなぎ》川に入れた。

廻船問屋の遠州屋は横川と小名木川が交差する深川西町にあった。

彦四郎は小名木川を大きな櫓さばきで一気に東進させて新高橋の側《そば》で舟を寄せた。

そして、

「ちょいと待ってくんな」

と大きな体で石垣下の橋板に飛び、舫い綱を亮吉から受け取ると杭に絡ませて、石段を二段ずつ駆け上がって姿を消した。

「うちはいささか彦四郎を重宝し過ぎているな。大五郎親方に一度相談しなきゃあなるまいて」

「なに、彦四郎をうちの御用から外そうっていうのか。そりゃ、彦四郎ががっかりするぜ」

亮吉が舳先から振り返った。

「とはいうものの綱定の本業に差し支《つか》えがあってはなるめえ」

「大五郎親方は彦四郎が半ば金座裏の手先と承知していらあな」

「それはうちの勝手な思い込みかもしれないぜ。大五郎さんもおふじさんもうちと親しい付き合いだけに文句が言えないでいるのかもしれねえや」

「そんなことねえと思うがね。つい数日前もしほさんの湯治百景を見にきた夫婦と豊島屋で会ったがよ、亮吉さん、彦四郎が世話になりますとえらく丁重に挨拶されたばかりだ」

「なにっ、丁重に大五郎さんから挨拶されただと、そいつはいけねえ。今日の御用が一段落ついたら綱定に寄ろう。ここんところ、猪牙の賃料だって支払っていめえ」

「親分、昨日、おっ養母さんとしほが暮れの挨拶に綱定に行きました。その折に今月分は精算してきていると存じます」

「なに、おみつとしほが挨拶に行っただと、そうか、そっちは始末がついているか」

と宗五郎が応じたところに、

「お待たせ」

と彦四郎が戻ってきて、猪牙舟に飛び乗った。

廻船問屋遠州屋の船蔵は深川八郎右衛門《はちろうえもん》新田と海辺新田の間を流れる砂村川沿いにあり、すぐ近くで砂村川は南十間川《みなみじっけん》と交差していた。

川幅六間の砂村川は、もともと境川と呼ばれ、小名木川の支流で近郷の悪水落としや舟運のために設けられたものである。別名舟入川と呼ばれるように南側の江戸湾から直《じか》に荷船が入り込めた。ために廻船問屋遠州屋もこの地に船蔵を設けたのだろう。

遠州屋が威勢のよかった時分、二代前の主の代に建てられた船蔵だ。

砂村川から遠望すると立派な石積みの土台に土蔵造りの船蔵、西蔵と東蔵の二棟が見えた。だが、仔細に点検するならば漆喰壁があちらこちら剝《は》がれ落ちているのが分かった。

敷地の中にまで堀が引き込まれて、蔵前まで行けるようになっていた。だが、両岸は葦《あし》が伸び放題に枯れたち、流木が重なり合っていた。

「勿体《もったい》ないな、これだけの蔵を使わないなんて」

「十左衛門も商売仲間に貸したいようだが、いったん貸すとなると戻してもらうときに、なかなかうまくいかないや。迷っているようだぜ。遠州屋が昔の威勢を取り戻すのはなかなか難しいと思うがね」

彦四郎が宗五郎に説明した。舳先から舫い綱を手にした亮吉が壊れかけた船着場に飛んで、立ち竦んだ。

「昨夜よ、真っ暗の中でここに訪れてよ、どんなところか皆目分からなかったが、こりゃ、結構荒れ果てた船蔵じゃねえか」

「悪党、押し込めておくには申し分ねえところだろうが」

彦四郎が言いながら、棹を立てて猪牙舟を橋板が腐った船着場に寄せた。

「彦四郎、扉を開けていいかね」

「鍵の在《あ》り処《か》は承知だな」

ああ、分かっているぜと蔵の横手に回り込んだ亮吉がすぐに四角い厚板を手に戻ってきた。厚板には大きな鍵が数本ぶら下げられていた。

亮吉が西蔵の錆《さ》びくれた鉄扉《てつぴ》の錠前に鍵を差した。

「親分、足元に気をつけてな」

彦四郎の注意を聞きながら宗五郎、政次の順で舟を離れ、最後に彦四郎が船を下りた。

亮吉が鉄扉を開いて、網戸越しに蔵の中を眺めていたが、

「おかしいな」

と呟いた。

「どうした」

「血の臭いがするな。昨夜、こんな臭いがしたか」

亮吉の呟きに彦四郎と政次が蔵前に走り寄り、網戸の中を覗《のぞ》き込んで、

「しまった、抜かった」

と政次が呟いた。

「どうした、若親分」

「加納傳兵衛を見誤まったかもしれない。亮吉、網戸をあけておくれ」

「合点だ」

と亮吉が引手に手をかけてがらがらと押し開けた。

「こりゃ、ひでえや」

と亮吉が言いながら、

「彦、灯りが扉近くにあったな」

「亮吉、左手の棚に行灯《あんどん》も火打石もそろっていらあ」

と彦四郎が大きな体で蔵の中に入り、灯《あか》りの仕度をした。

「笠間らを閉じ込めたのはこちらの蔵に間違いないか」

と宗五郎が尋ねた。

「親分、そりゃ、間違いねえよ。だけど、おれたち、昨夜、御鈴廊下目付に尾《つ》けられていたのか。そんな筈《はず》はねえがね」

「亮吉、お登季さんの隠居所は私どもが考えた以上に早くから見張られていたかもしれないよ」

と政次が答えたとき、彦四郎が行灯の灯心に種火を移して、ぼおっとした灯りが蔵の中を浮かび上がらせた。

船蔵に使われていた内部の床は石造りで天井も高く、一階の床から階段が中二階、二階、中三階、三階というふうに左右に五層の荷を保管する場所があった。

「どこへ笠間らを閉じ込めたえ」

宗五郎の問いに亮吉が、親分、奥だ、と階段の後ろ側に回り込んだ。提灯《ちょうちん》を持った彦四郎も従い、奥に進むごとに血の臭いが濃くなっていった。

笠間三十郎、角次らは蔵の壁に背中を凭《もた》れかけさせて、顔を一様に落として死んでいた。五人の体から流れた血で、床一面血の海だ。

立ち竦む彦四郎と亮吉をよそに、いちばん端に座らされていた笠間の首筋に手を当てた政次が宗五郎を振り向き、

「亡骸は冷とうございます」

頷いた宗五郎が政次とは反対側の侍の生死を確かめ、

「彦四郎、提灯の灯りを近づけねえ」

と命じて五人すべての生死を確かめた。

死因は羽織の上から心臓を細身の錐《きり》のような鋭利なもので一突き、お初の殺され方と似ていた。せいぜい錐の径は一分かそこいらだろう。

「彦四郎の猪牙で笠間らを蔵に運び込んだのを見ていた者がいた。そやつが御鈴廊下

目付に関わりのある者かどうか、今のところ知らねえが、おれたちが考える以上に大奥で起きた騒ぎは大物の黒幕がいるかもしれないな」

と宗五郎が呟いた。

「私のしくじりでした」

政次が親分に詫びた。

「政次、おれたちの前に骸が五つある。こやつらを蔵の中に一時押し込めたのは……」

「彦四郎も稲荷の兄いらも私の命に従っただけです」

「こうなった以上、あれこれと言い合っても致し方あるめえ。政次、おまえは彦四郎の猪牙舟に乗って北町奉行所に駆け付けねえ。この経緯を承知なのは吟味方与力の今《いま》泉《いずみ》修太郎《しゅうたろう》様だ。今泉様に昨夜からの経緯をすべて話して、ご判断を仰《あお》ぎねえ」

「畏まりました」

「だがな、お登季らを安全な場所に移すことが先だった。ためにこやつらをこの船蔵に残すしか方策はなかった、大番屋に届けることができなかったと、その一辺倒で押し通すのだ。五人をお縄にしたのは政次一人の力だったこともたしかなんだ。北町はこちらの苦衷《くちゅう》を分かってくれよう」

政次はしばし思案したあと、分かりましたと宗五郎の言い分を受け入れた。

「とはいえ、こいつは大奥が絡んだ話、町方が手を出すのがそもそも間違いだ。間違いと分かって手を出した以上、このお初殺しと笠間ら五人殺しの真相を一刻も早く摑まないと金座裏は看板を下ろすことになる。いいか、肚《はら》を括《くく》るときは、この九代目の宗五郎が決める、早まったことを考えるんじゃねえ」

「畏まりました」

政次は最前より明瞭《めいりよう》に宗五郎の言葉を胸に畳み込み、

「彦四郎、呉服橋まで急いでおくれ」

と願った。

政次が彦四郎の猪牙舟で慌ただしく海辺新田の砂村川を離れて消えて、廻船問屋遠州屋の御船蔵に宗五郎と亮吉だけが残された。

「若親分が戻ってくるまでにだいぶかかりそうだ」

「今泉様もお一人の判断では動けめえ。筆頭与力、内与力と相談の上、お奉行の小田切様と会うことになろう。なんとしても大奥が絡む話だ、厄介極まりねえ」

「親分、金座裏の看板を外すこともあるというのはどうなんだ」

「この一件、事前に北町に相談しておいてよかった。問題が残されるとしたら、笠間ら五人をこの船蔵に留めたことだけだ」

「親分、若親分のしくじりじゃねえ。正直、女衆三人の安全を図るのがまず考えねばならないことだったんだ。それが証拠に笠間ら五人を先に南茅場町に運んだりしてみねえ、お登季さん方は心臓《しんのぞう》を一突きされて殺されていたぜ」

「亮吉、いかにもさようだ。だが、こんどばかりは城中の理不尽が相手だ、こっちの理屈が通るかどうか、結構厄介とみた」

「どうするね。ただ、若親分方の帰りを漫然と待つかえ」

「この上にはなにがある」

宗五郎が船蔵の天井を見た。

表戸が開いているせいで、天井もうすぼんやりと階段の口から見えた。

「おれが見てこよう」

と独楽鼠《こま》の異名《いみよう》をとる亮吉が階段を駆け上がり、どたどたとあちらこちらを走り回っていたが、天井に近い中三階から、

「親分、なにもねえがね、埃が積もって人の立ち入った様子はないぜ」

という声が降ってきた。

「分かった、下りてきねえ」

と応じた宗五郎は煙管《キセル》に刻みを詰めて、行灯の火で煙草を吸った。すると蔵の中に満ちた血の臭いが幾分和《やわ》らいだ。

亮吉が下りてきた。

「血の臭いは慣れないものだな」

「亮吉、いくら奉行所のお手先だろうと血の臭いに慣れなくていい。それがなみの人間の感覚だろうぜ」

「こやつらを加納傳兵衛が殺したとしたら、御鈴廊下目付め、血に飢えた野郎だぜ。だってよ、刺し傷に迷いなんてないものな」

宗五郎は亮吉の言葉にはっとした。

「亮吉、おれは決めつけていたかもしれないな」

「決めつけたってなにをだい、親分」

「お初を始末した人間を加納傳兵衛とさ」

「おや、違ったのかい」

「お初が細い錐のようなもので心臓を一突きされたと聞かされたが、大奥のことだ、そんな手口もあるかとなんとなく得心していた。だがな、こうして、五人が壁に上体を凭れかけさせられて次々に心臓を狙って刺された手口を見たとき、侍の手口ではないような気がしてきたんだ」

「ならば、だれが殺したんだ、こいつらを。いくら縛られているからといって、五人を刺殺するのは大事だぜ」

「いかにも大事だ」

と応じた宗五郎は西蔵の奥から表に出た。すると東蔵が聳《そび》えるように建っているのが目に入った。

三

「亮吉、ちょいと東蔵も覗いてみねえか」

「隣蔵の鍵はどこに隠してあるか知らねえぜ、親分」

「錠が下りているなら仕方ねえ、入るのを諦めるさ」

宗五郎はそう亮吉に答えながら、東蔵に歩み寄った。

遠州屋の二つの蔵はまったく一緒の造りで傷《いた》み具合もそこそこだった。二つの蔵の間は火事などに見舞われたとき、一棟だけでも火が入らないようにとの配慮か、十数間と離れており、地面には砂利が敷いてあった。

「造作が一緒ってことは、あっちの蔵の鍵で開くかもしれねえな」

と亮吉が呟いた。

「廻船問屋だ、他人様《ひとさま》の預かり荷だってこともあっただろうが。二つの蔵の鍵が同じもので事足りるなんてことがあるものか」

「だめかねえ」

宗五郎と亮吉は東蔵の前で足を止めた。

西蔵以上に何年も使われたことがないようで、古びた大きな錠前がかかっていた。

「なんだか妙だぜ」

「親分、妙たあなんだえ」

「たしかに錠前はおりているが、なんとなくなんぞが潜んでいるような気配がしねえか、亮吉」

「左前《ひだりまえ》になった廻船問屋の船蔵だぜ。西蔵にはたしかに昨夜おれたちが出入りした。だがよ、こっちは蔵の前にだって歩み寄ってねえや」

「おれにはだれかが出入りしたように思えるがねえ」

宗五郎の呟く顔を見た亮吉が黙って鉄扉の前に歩み寄り、

「ほれ、このとおり、でけえ錠前が何年もかけられたままだ」

と錠に触れた。すると錠前の鉄棒が、

するり
と滑って動いた。

「あれっ」

遠州屋の船蔵の鉄の扉は頑丈な鉄の閂《かんぬき》を水平にかけて二つの扉を閉じ、その鉄の閂を動かせないように大きな錠前が掛かっていたのだ。

鉄扉の閂を動かせないようにしていた錠前の棒が横に滑って、扉がだれかによって開けられたことを示した。

「この閂、見かけだけか」

「何年も使われてねえ錠前がするりと開くものか。昨夜、こっちに入った者がいるってことだ、亮吉」

「おれたちは入らなかったがねえ」

「だからさ、別の輩《やから》が押し込んだんだよ。亮吉、隣から提灯を持ってきねえ」

「合点だ」

独楽鼠が機敏さを発揮して西蔵に走っていった。

宗五郎は鉄扉に歩み寄ると鉄の閂にかかったままの大きな錠前を抜き、閂をはずした。

錠前の鍵穴に油でも差したような痕跡《こんせき》が見えた。

「さあて鬼が出るか蛇《じゃ》が出るか」

宗五郎が蔵の中にも聞こえる声で言うところに亮吉が提灯を下げて小走りに戻ってきた。

宗五郎が後ろ帯から金流しの十手を抜いて構え、それを見た亮吉が、

ごくり

と音を立てて唾《つば》を飲み込み、自分も短十手に手をかけた。

宗五郎はまず鉄扉の一つを手前に開いた。すると潮風に長年晒されてきた鉄扉の蝶《ちょう》番《つがい》が、ぎいっと軋《きし》んだ音を立てた。もう一つの鉄扉を開くと網戸が嵌《はま》った内扉を横手に引いた。

さあっ、と冬の光が蔵の石の床に流れた。

「亮吉、いくぜ」

「お供は任せねえ、親分」

片手に提灯を掲げ、短十手を手にした亮吉の声は緊張していた。

西蔵と同じ五層造りで真ん中に九十九《つづら》折れのように階段が折れ曲がって最上階へと続いていた。

二人はまず一階をぐるりと回ってみた。だが、だれも隠れている様子はない。宗五郎が階段の右側を登り、提灯を掲げた亮吉が反対の左側をいく。

廻船問屋の船蔵の階段だ。厚板が使われ、幅もたっぷり一間はあった。

中二階、二階と左右の床面に物はなく、人の気配もない。

二人はさらに中三階から最後の一層、三階の階段に向かおうとした。

そのとき、蔵の淀《よど》んでいた空気が動いて、

ばたばたばた

と黒い影が虚空を飛んで宗五郎と亮吉の間をすりぬけ、開いていた一階の鉄扉から外へと飛び出した。

「お、脅かすねえ、蝙蝠《こうもり》か」

「師走に蝙蝠が飛ぶものか」

「蔵ん中でよ、冬を越そうとしていたんじゃないかね」

また空気が乱れて二羽目の蝙蝠が亮吉の掲げた提灯の横を掠《かす》めて階下へと向かった。

宗五郎は二羽目の蝙蝠の動きより天井付近に気を配った。

その直後、二羽の蝙蝠が飛び出してきた東蔵の天井の闇からさらに一段と大きな黒い影が宗五郎目がけて飛びかかってきた。

「出やがったぜ」

宗五郎の金流しの十手が虚空を裂いて飛来する物体を叩き落とし、さらに襲いかかろうとする影を手元に引き戻した十手で打った。

ばしり
と鈍い音がした。

黒衣の大蝙蝠は生身の人間だった。十手を伝わる感触で分かった。

黒衣の手が口に咥《くわ》えた棒のようなものを摑むと宗五郎の喉首にぐいっと突き出した。

宗五郎は身を捻《ひね》ると棒の先端に装着された刃を躱《かわ》して片手に黒衣の袖《そで》を摑み、もう一方の十手で相手の身を押し付けるように踊り場に押し倒そうとした。

袖が千切れて、白い腕が見えた。

黒衣の襲撃者は自ら床に転がり、動きを封じようとする宗五郎に先んじてごろごろと転がり、階段から踊り場、さらに階段へと身を移すと階下へと落ちていき、蝙蝠同様に開けられていた鉄扉から、さあっと外に逃れた。

「ま、待ちやがれ」

提灯を掲げて棒立ちになっていた亮吉が黒衣の影を追おうとした。

「止《や》めておきねえ、とっくの昔にどこぞに姿を消しているぜ」

「お、親分、大蝙蝠のお化けか」

「馬鹿をぬかせ、麝香《じゃこう》の香を身から漂わす蝙蝠がいるものか」

と手にしていた片袖を亮吉の顔の前に宗五郎が突き出した。

「袖をどうしろというんだ、親分」

「匂《にお》いを嗅いでみねえ」

うむ、と訝《いぶか》しくも応じた亮吉が片袖に鼻を突っ込み、

「いい匂いだぜ、これが麝香の匂いか。今時の忍びは嗜《たしな》みがあるぜ」

「亮吉、女だ」

「なんだって、くの一だって」

「麝香、絹の黒衣、どちらも下忍《げにん》が身に付けるものではない。どうやら大奥にも忍びが巣食っているようだ」

と宗五郎が片袖を亮吉の顔の前から引き離して懐に入れた。そして、黒子の女忍びが宗五郎に向かって飛ばした刃を探した。すると踊り場の隅の床板に突き立っていた。

「ほう、なかなかの得物だねえ」

宗五郎が手拭いを抜くと長さ六寸（約十八センチ）ほどの畳針のようなものを抜き取った。

切っ先は矢尻状の鋭利な両刃《もろば》で、柄は丸い鋼鉄の棒だった。径は一分か一分二厘ほどか。柄頭《つかがしら》には三分ほどの矢羽根が付けられていた。

「なんだい、女が咥えていた道具から飛び出してきた吹き矢だな」

「お初も、笠間ら五人もこの吹き矢で殺されたと思わねえか」

「親分、女の忍びだっていったな。玉鋼《たまはがね》で鍛えられた吹き矢を息で飛ばすなんて、人間技じゃねえぜ」

「厳しい忍者修行をなしたくの一ならどうだ」

「まだ女忍びと付き合ったことがないんで分からねえよ。親分、いくら笠間らが身動きつかないからといって、五人を蔵の壁に寄りかからせて吹き矢で次々に殺すのかえ、えらい肺の力だぜ」

「いや、笠間らは手に持った吹き矢で突き殺されたんだろうよ」

「なんともすごい女だね、知り合いになりたくねえ」

宗五郎と亮吉は念のために東蔵を三階から階下へと下りながら改めた。だが、もはや怪しい者が潜んでいるとも思えなかった。

二人が蔵の外に出ると鈍い晩冬の陽射しが砂村川ぞいの新田に降っていた。

「今泉様方がお出張りになるにはまだ時を要しよう、この界隈をふらついてみねえか」

「なんぞ拾いものが転がっているかねえ」

「最初からあてにして動いた御用はろくなことはねえ。師走の散歩と思いねえ」

「金座裏の親分と手先が海辺新田の散歩だと、色気はねえな」

「女の忍びがおいでおいでするかもしれねえぜ」

「止めてくんな、女はか弱いくらいが可愛《かわい》げがあらあ」

「ふっふっふ」

と笑った宗五郎は砂村川と南十間川の間に結ばれた幅二間ほどの水路ぞいの葦原に身を潜らせた。

一丁（約一〇九メートル）も枯れ葦を掻き分けたか、葦のむこうになにかが動いて光った。

宗五郎が葦を掻き分けると、なにが釣れるのか葦原の中の小さな池に釣り糸を垂らしている老人がいた。この界隈は海水と真水が混じり合う汽水域だ。

太公望が気配に後ろを振り向いた。

「老人、釣りの邪魔をしてすまねえ」

「なあにこちらは閑《ひま》つぶしだ、獲物を釣り上げようなんて魂胆はない」

と腰に小さ刀を差しただけの太公望が笑い、

「それにしても今日は妙な日じゃな」

と呟いた。老人は家督を倅《せがれ》に譲った御家人か。

「どうしなさった」

「わが釣り場に棺桶を積んだ船が止められていたのもおかしければ、最前片袖を無くした黒衣の女が棺桶船に飛び乗って、急ぎ姿を消したのも奇異だ。なんだか下手な宮芝居を見せられているようだったな」

「ふっふっふ」

と宗五郎が笑い、

「あてもなしに歩いて大魚を釣り上げたぜ」

と亮吉の顔を見た。

「そなた、金座裏の宗五郎親分じゃな」

と老人が宗五郎らのなりを見て言った。

「わっしを承知でしたか」

「そなたの家は上様御目見の家系、江戸では有名じゃからな。何年か前、日本橋で手先を連れて歩くそなたを見かけたことがある」

と答えた年寄りが、

「それがし、亀戸村《かめいど》御徒組《おかちぐみ》大縄地に住む隠居の佐々木八兵衛《ささきはちべえ》、孫の世話と釣りを楽しみに生きておる」

「佐々木様、それ以上の余生はございませんな。退屈なされたら金座裏にお遊びにきてくだせえ」

「江都《こうと》の御用聞きの草分け、金座裏からの招きか。久しく川の向こうに足を延ばしたこともない。春永になったら訪ねてよいか」

「お待ちしております」

と答える宗五郎に、

「町方が下忍を追っておるとは、またどういうことか」

と八兵衛が尋ねた。

「へえ、よんどころねえ事情がございましてね、廻船問屋の遠州屋の船蔵を覗いたところ、蝙蝠二羽を従えた女忍びにでくわしたのでございますよ」

「当節深川の新田に奇怪なものが出没しおるな」

と答えた年寄りが、

「金座裏の親分、女忍びが飛び乗った船だが、平川門を出入りする不浄船ではないのか」

と告げた。さすがに元は御徒組に属した御家人である、見るところはちゃんと見ていた。

「わっしらもそう睨んでおります。不浄船をこの池で見たのは本日が初めてですかえ」

「初めてだな、なにを企《たくら》んでのことか」

「さあて、その辺がなにも分かっちゃいないので」

と宗五郎が答え、

「不浄船には女忍びの他に乗っていませんでしたかえ」

「不浄船にはだれも乗っていぬように思えた。じゃが、訝しいゆえ不浄船から見えぬ茅《かや》の陰で釣り糸を垂れておった。女が急ぎ戻ってきたとき、なんと棺桶から二人の黒羽織が飛び出してきて、櫓を握り、不浄船を出した。反対に女が棺桶に飛び込み、姿を隠しおったわ」

「なんとも呆れた話にございますな」

「金座裏の親分、それがしは見たままを話したまでだ」

「佐々木八兵衛様、むろんそのお言葉を疑ってはおりませんよ。釣りの邪魔を致しましたな、よいお年を迎えて下され」

「金座裏の親分、不浄船なんぞに関わると金座裏の金看板に傷がつかぬとも限らぬ。注意してあたれ、もっとも隠居が親分に注意することではないな。それがしがなんぞ役に立つなら、いつでも使いをくれ」

「亀戸村の御徒組大縄地にございましたな」

「出羽《でわ》鶴岡《つるおか》藩酒井家の抱屋敷の西側にある、佐々木の釣り老人といえばすぐわかる」

「そのときにはお願い申します」

宗五郎は深々と八兵衛に頭を下げた。


宗五郎と亮吉が海辺新田の茅地を歩き廻り、不浄船を探して回ったがどこにもその姿はなかった。

とはいえ、江戸湾の南に広がる茅地は広大で二人だけで短時間に歩ける広さではない。それに茅地には満ち潮のとき、海水が入り込んでいて、徒歩で歩ける場所は限られていた。

「そろそろ、今泉様方が出張っておいでのころだ。亮吉、船蔵に戻ろうか」

二人が視界の閉ざされた茅地からお天道様の位置を頼りに遠州屋の船蔵に戻ると、

北町奉行所の今泉修太郎らがすでに到着して船蔵の中の笠間らの遺体を検死していた。定火消役与力ら五人が殺された騒ぎだ、蔵の中を重苦しい緊迫が支配していた。むろん五人が殺されたという事件のせいだけではない、城中とからむ騒ぎだからだろう。

「年の瀬が押し詰まったというのに厄介が生じまして恐縮に存じます」

宗五郎が吟味方与力今泉修太郎に頭を下げた。

「いかにも厄介が生じた。親分、殺されたのは旗本家の家来じゃな」

と今泉が念を押した。

「へえ、定火消役内藤義一郎直丞様の配下の火消与力笠間三十郎と申すお方にございます。町人は角次、残りの三人は定火消役内藤家の家来と存じますが、名前も身許《みもと》も分かっておりません」

宗五郎の返答に頷いた今泉が、

「親分、事が事ゆえ御目付猪子《いのこ》三郎《さぶろう》右衛《え》門《もん》様組頭平岩兵衛《ひらいわひょうえ》様の同道を願った」

と旗本御家人を監察糾弾する御目付支配下の黒羽織を紹介した。

「平岩様、お出張りご苦労に存じます」

「道々そのほうの倅から事情を聞いた。大奥がからんだ話というが、相違はないか」

と平岩が宗五郎に質《ただ》した。

「相違ございません」

「宗五郎、代々の上様御目見の家系の金座裏でも、大奥は触れてはならない場所じゃぞ」

「へえ、平岩様、おっしゃる通りにございます。ですが、古町町人の孫娘が不実を犯したゆえ成敗されたの一言で骸になって戻されたのも理不尽にございます」

「倅は、御鈴廊下目付がからんだ騒ぎ、と申したがしかとさようか。その者たちが城の外まで暗躍しておるという証拠はあるか」

「平岩様、ただ今までにわっしらが摑んでおることはわずかなものにございます。政次から経緯はお聞きになったと思いますが、御鈴廊下目付の加納傳兵衛と申されるお方が、なぜかわっしらの先へ先へと姿を見せられて動かれます」

「それはなにゆえか」

「今のところ推論に過ぎませぬが、お初が殺された一件と絡んでのことかと存じます」

「発端は鎌倉河岸で不浄船に手先が石をぶつけた関わりというがそうか」

「へえ、その翌朝には倅の政次が稽古をする赤坂田町の神谷丈右衛門様の道場にあらわれ、政次を名指しするように腕前を確かめております。おそらく不浄船を政次らが見た夜の間にうちに監視の目がついたと思えます。なんとも素早い手配りにございますよ」

「宗五郎、御鈴廊下目付の加納傳兵衛、並みの目付と考えるなよ。城中であやつのことを、触らぬ神に祟《たた》りなしというておる」

「なんとも敵に回すと厄介なお方と存じます」

「今泉どのとも船中で話してきたが、町方が大身旗本の配下と身分が知れた者を船蔵に押し込めるなどいささか越権であったな。その上、この者たち五人が何者かに殺されたのじゃぞ。金座裏、そなたらの立場、厳しいとは思わぬか」

「平岩様、ご指摘ご尤《もっと》ものことにございます」

「まして大奥の手が城の外に伸びて元針子の口を封じようとしたなど主張したところでだれが信じるな」

「平岩様、元服小姓のお初の死因は鋭利な錐《きり》のようなものによる刺殺でございました。そして、ここで始末された笠間三十郎方五人も一様に錐のようなもので刺殺されております」

「それが大奥からの刺客の証と申すか。大奥からそのような曖昧《あいまい》なことで大奥を罪人扱いに致すかと頭ごなしのお叱《しか》りを受けることは眼に見えておるぞ。宗五郎、大奥を抜け出して暗躍するなど何人《なんぴと》にも難しいことよ。その辺のことを確たる証拠証人をあげて説明できねば、金座裏とて苦しい立場に追い込まれようぞ」

平岩兵衛を今泉修太郎が頼ったのは人物を信頼してのことだろう。宗五郎にも丁寧に置かれた立場を説明した。

「今泉様、平岩様、ちょいとお二人にお話がございます」

と宗五郎は検死の現場から二人を船蔵の外へと連れ出した。

四

宗五郎は、今泉修太郎と平岩兵衛の二人を案内して蔵の外へと連れ出した。するとそこに政次が控え、その傍らには亮吉が立っていた。

「亮吉、政次に話したか」

と宗五郎が聞いた。

「話してよかったのかね。おりゃ、親分が今泉様方に報告したあと、許しが出たら話そうかと思って話してねえ」

「亮吉、それでいい」

亮吉のとった行動を褒めた宗五郎は、

「政次、おまえも従いねえ」

と命じた。

宗五郎は三人を従えて東蔵に行き、錠前を外すと三人を中に誘《いざな》った。

「宗五郎、まさかこちらにも骸が転がっているのではなかろうな」

修太郎が不安の気配を浮かべた顔で尋ねた。

「いえ、骸はございません。ですが、笠間ら五人をこいつで殺した者がこちらの蔵に潜んでいたのでございますよ」

宗五郎はまず手拭いを懐から出して、入口から差し込む光に吹き矢とも簪《かんざし》ともつかぬ凶器を差し出して今泉修太郎らに見せた。

「なにっ、金座裏、その道具が凶器じゃとな。そやつを捕えたか」

平岩兵衛が意気込んだ。

「平岩様、不意をつかれて逃がしてしまいました」

宗五郎から手拭いごと凶器を平岩が受け取り光に翳《かざ》すと、矢尻のように尖った凶器の先端に血が付着しているのが見えた。

「その道具で笠間らは殺されたと申すか、親分」

「へえ、今泉様」

修太郎の念押しに答えた宗五郎は、東蔵の錠前を調べたところ、何者かが開錠していた形跡を認めたこと、ために蔵の中に入り調べていくと中三階の踊り場付近で蝙蝠二羽に襲われ、続いて黒衣の影がこの道具を吹き矢のように飛ばしたこと、宗五郎が飛来する吹き矢を十手で叩き落として、影を床に抑え込もうとしたが素早く逃げられた経緯を詳しく語り、

「不覚にございました」

と無念そうに付け加えた。

「相手を見たか」

「今泉様、一瞬の間で顔を確かめる暇はございませんでした。ですが、身に麝香を焚《た》き込めた女忍びにございました」

宗五郎が千切った片袖を懐から出すと二人に見せた。

かすかに麝香の香りが漂った。

「なんと女忍びじゃと」

と呟きながら修太郎が宗五郎の手にした片袖に触れて、

「絹の忍び装束とは珍しいな」

「へえ、聞いたこともございません」

「それがしもさようなことは耳にしたこともないぞ」

と平岩兵衛が呟いた。

下忍、忍びは虐《しいた》げられた階級から出てきた者が多い。忍び装束は闇に紛れるように黒地に染められ、固く織られた丈夫な木綿《もめん》が使われた。絹物は武士階級か、町人でも限られた者しか着用しない。

「平岩様、大奥に女忍びがおると聞かれたことはございませんか」

「大奥に女忍びじゃと。金座裏、いくらなんでも大奥に女忍びが常駐しているなど聞いたこともない、それは考えすぎではないか」

平岩が顔を横にゆっくりと振った。その平岩に頷き返した宗五郎が再び報告を続けた。

「手下の亮吉とともに蔵を出て、この茅地を調べて歩いたのでございますよ。この界隈に砂村川と南十間川を結ぶ、川幅二間ほどの流れが茅地の間をうねうねと何本か抜けておりますが、その流れの一つに小さな池がございまして、年寄りが釣りをしておりましたので。そのお方が池に不浄船がひっそりと止まっていたのを見ておられましたので」

「宗五郎、不浄船じゃと」

「お初の骸を載せた船に先行した不浄船ではございますまいか」

「なに、一艘目の不浄船は、未《いま》だ城中に戻らず城外に密《ひそ》かにいたか」

「御鈴廊下目付加納傳兵衛様の命か、お初の死が騒ぎにならず収束するのを確かめるために一艘目の不浄船は城外に出て、星野家を見張っていた。そんな監視下、隠居が北町奉行所に相談に向かった。さらに北町奉行所の今泉様の命を受けたわっしらが動き始めた。そやつらはすべてこちらの動きを見張っていたと思えます。そればかりか、仲間と思える笠間ら五人組の動きも監視していた」

「大奥に女忍びがいるのであろうか」

平岩が自問するように吐き捨て、

「御鈴廊下目付やら女忍びが大奥ばかりか、城外に出て暗躍するなどもっての他、許せぬ」

と言い足すと修太郎の手にあった片袖を摑み、広げた。すると再び麝香の香りが東蔵に漂った。

「金座裏、その者を見た釣り人がいたと申したな」

修太郎が宗五郎に尋ねた。

「へえ、釣り人は、御徒組に所属した御家人で亀戸村の大縄地に住む佐々木八兵衛様と申される隠居にございました」

「御徒組とな」

「さすがにお侍にございますな、しっかりと無人と思えた不浄船に片袖のない黒衣の者が飛び乗って、棺の中から二人の黒羽織が飛び出してきて櫓を摑み、舫いを外した。女忍びは二人に代わって棺に飛び込んで隠れ、池から急ぎ立ち去った一部始終を見ておられましたので。御用のことでそれがしの証言が要るなれば、いつでも使いをくれと親切にも申されました」

修太郎も平岩も思わぬ展開に沈黙した。

政次も黙したまま、新たな動きの意味を考えていた。

「宗五郎、この女忍びが笠間らを殺したのは、元針子の登季らの口を封じきれなかったゆえであろうか」

「今泉様、まずそんなところかと推量します。笠間らの首尾を確かめるために女忍びが監視していたのでございましょう。ところが、あっさりと政次一人に手捕りにされた五人に、生かしておくのは危険と考えたのではございますまいか。政次らが一時、五人の身柄を遠州屋の船蔵に隠したことをよいことに、女忍びは仲間の二人と力を合わせて、五人の命を非情にも奪ったのではございませんか」

宗五郎の推理に修太郎が頷いた。

「平川門を一昨日の宵、二艘の不浄船が出た。未だ一艘は城の外にいて、お初殺しの真相を闇に葬る役を負っていると金座裏は考えるのだな」

と平岩が宗五郎に念を押した。

「まずはそう考えるのが穏当な推量かと存じます。平岩様、わっしの考え、いかがにございますか」

平岩は手にした片袖と凶器を眺めて沈思した。

「宗五郎、大奥でお初はなんの責めを負わされて始末されたか調べるのが探索の常道だが、大奥となると町奉行所は手も足も出せぬ」

修太郎が悔しそうにいった。

「今泉どの、金座裏、大奥でなにがあったか知らぬ。じゃが、いくら秘密を保つためとは申せ、元服小姓の命を奪い、さらには城外に女忍びまで派遣して口を封じるために人を殺《あや》めるなど許される筈もない。それがし、城中に戻り、御鈴廊下目付の加納傳兵衛に会おうと思うが、このこといかがに」

「平岩様、一筋縄ではいきますまいな」

「金座裏、それは覚悟の上だ。旗本御家人を監察糾弾するわれらの眼があやつに注がれていると伝えたとき、どのような反応を見せるか、またそれがしと会ったあと、どのような行動をとるか。あやつを動かすのも一つの手と思わぬか」

「平岩様、いかにもさようでございました。もし、城の外に加納傳兵衛様を追い出して頂くなれば、わっしらも動きようもあるのですがな。そのために精々御目付のお力で御鈴廊下目付を脅かして下され」

平岩が相分かったと答え、宗五郎がさらに願った。

「平岩様、二艘の不浄船の一昨夕からの動きを調べることは出来ませんか。二艘とも城中に戻ったかどうか、一艘目の棺はなにが乗っていたのかどうかなど、なんでもようございます。わっしらも城中のこととなると、動きがつきませんでな。調べてくだされ」

「平川門には幸いなことにそれがしの知り合いがおる。二艘の船がどこへ参ったか、いつ戻ったか調べがつけば必ず金座裏に知らせる」

「助かります」

「金座裏、この騒ぎ、一気に解決を図らぬと笠間三十郎を殺された定火消役の内藤様が騒ぎ始めようぞ。年内に事が決着できるかどうか、今日を入れても二日しかないと思うたほうがよい」

「へえ」

「金座裏、この片袖と凶器をそれがしに預からせてくれぬか」

平岩が片手に持った証拠の品を振った。

しばし宗五郎が沈黙して考えた。

「宗五郎、平岩様に預けてよいな」

修太郎が宗五郎に督促した。

「今泉様、平岩様にお預け申します」

宗五郎は手拭いに包んだ凶器を平岩に渡した。

「笠間の主家、内藤家には笠間らの一件どうしたものかな」

と今泉修太郎が言い出した。

「今泉様、平岩様、あの蔵の中の五つの骸にございますが一日二日、発見が遅れたことにしたいのです、眼を瞑《つぶ》っては頂けませぬか」

宗五郎が修太郎と平岩兵衛に願った。

「こたびの一件、手順どおりの探索では済むとも思えぬ。なにしろ大奥、中奥が相手ゆえな。いいだろう、明日まであやつらは船蔵に残しておこう。この時節だ、骸が傷むとも思えぬ。奉行所の小者を密かに配しておこう」

と修太郎が応じて、御目付の平岩兵衛が頷き、

「お初を養女にして大奥に送り出した駒根木家はそれがしが脅しをかける。大奥に養女にした娘を送り込むことで金子《きんす》を稼ぐなど、大身旗本にあるまじき行為ゆえな。こちらのほうからなにか出てきたら、即刻に北町と金座裏に知らせる、それでよいか」

宗五郎が修太郎を見て、頷き合い、

「お願い申します」

と宗五郎が平岩に願った。

「よしならば、われら、これにて引き上げる」

というと東蔵の前に今泉修太郎、宗五郎、政次の三人を残して、そそくさと殺しの現場から船に戻っていった。

「今泉様、平岩様が話の分かる御目付で助かりました。これもそれも今泉様のお心遣いのお蔭にございます」

宗五郎が礼を述べ、政次も黙って頭を下げた。

「宗五郎、政次、これからが勝負だぞ」

へえ、と修太郎に頷いた宗五郎が、

「政次、おれたちに与えられた日日は今日を入れた二日だ。どこから手を付けるな」

金座裏の九代目親分が十代目に問うた。

「はい、一つ目はお初が大奥から文などで家族に訴えてないかどうか、星野家に問い合わせたいと存じます」

「御鈴廊下目付や女忍びが中奥と大奥の間をなんぞの手立てを使って暗躍する様子だ、大奥から自由に出ることは叶わなくとも文くらい出したり受け取ったりする仕組みがあってもおかしくあるまい」

宗五郎が政次の考えに賛意を示し、

「政次、おまえが手掛けねえ」

と命じた。

「承知しました。二つ目はうちにいるお登季さん方を改めて尋問することにございます。お登季さんとお葉さんに聞き忘れていたことがあるやもしれませぬ」

「よし、そいつはおれが引き受けた」

「三つ目は、こいつが一番厄介かもしれません。茅地から消えた不浄船が城中に戻るのをなんとしても押さえることにございます」

今泉修太郎がなにかを言いかけたが言葉を飲み込んだ。すでにお初を始め、人の命が六つも失われている事件だ。大奥相手に金座裏が取りうる手段は荒技しかない、と修太郎も思い直したのだろう。

「平川門からしか出入りできねえのだ。鎌倉河岸の前は必ず通るな」

「はい、それにございます」

「いいだろう。やつらが戻るとしても日が落ちてからだ。なんぞ彦四郎の知恵を借り受けて不浄船捕獲の手立てを考えねえ」

「はい」

と政次が畏まって親子の間で探索の手順が決まった。

半刻後、政次と亮吉は彦四郎の舟で日本橋に下り立った。

「若親分、最前の話だがな、暮れ六つまでに仕掛けを考えておくぜ」

政次に言いかけた彦四郎に亮吉が、

「彦四郎、考えておくじゃだめなんだよ、仕掛けができてなきゃあ、どうにもならねえぜ」

「独楽鼠、そんなことは承知の助だ。だがよ、城中に向かう不浄船をこの暮れに捕獲しようって話だ。騒がれたら、元も子もねえ、終わりだろうが。大奥が無理難題を言ってくるのは決まっている。金座裏だって大奥は厄介千万だろうが、亮吉」

「そこをさ、なんとかしろと若親分が頭を下げているんだ。知恵を働かせてよ、さあっと動きねえ」

「言うは易《やす》し行うは難《かた》しだ。どうしたものか思案の為所《しどころ》だ」

「頼りがいのねえ彦四郎だぜ」

「まあ、待ってな」

と言い残した彦四郎の猪牙舟が日本橋から船宿綱定へと戻っていった。

数寄屋町の星野家の門前には門松は飾られていた。だが、どことなく門松も寂しげに見えるのは政次と亮吉も大奥勤めのお初が骸で密かに戻ってきたことを知っているからか。

玄関で訪《おとな》いを告げると奥向きの女衆が出てきて、政次が身分を明かす前に、

「金座裏の若親分、ちょいとお待ちを」

と言うと奥に姿を消したが直《す》ぐに戻ってきて、

「ご隠居がお会いになります。お手先の方は控え座敷でお待ち下さい」

と亮吉は供の控え座敷に待つように命じられた。

「亮吉、しばらく待っておくれ」

と言い残した政次が女衆に誘われて星野家の奥に入った。

名主の星野家には広くはないが手入れの行き届いた庭があった。このことはこの界隈では知れ渡り、星野家の庭見物に訪れる人もいるくらいだ。

政次は松坂屋の手代時代に何度か訪れていて星野家の間取りや庭を承知していた。

縫右衛門は隠居部屋で待っていた。

「政次さん、なんぞ吉報がございましたかな」

縫右衛門は政次が挨拶する前に催促するように尋ねた。

「ご隠居、言い訳を申すようですが大奥での出来事、いささか苦慮しております。されど北町奉行所の吟味方与力の今泉様も御目付支配下の平岩兵衛様も動かれておりますから、しばらく時を貸して下さい」

「若親分、御目付がお初の死の真相を究明するために加わっておられますので」

「平岩様は今泉様の知り合いとか、敏腕の御目付方と存じます」

「それは心強い」

縫右衛門が張り切った。

「ですが、ご隠居、相手は大奥にございます、御目付といえどもその力が及ぶ範囲は中奥までにございましょう。予断は許せません」

「それは重々承知です」

と応じた繕右衛門の肩が落ちた。それでも気を取り直したように、

「若親分、本日はなんの用ですな」

「ご隠居、お初さんが大奥からこちらに届けた文はございませんか」

「文ですと。大奥に入った女中衆が自由に文など届けられるものですか」

即答で応じた繕右衛門の声が甲高く変わっていたことを政次は聞き逃さなかった。

「大奥といえども人が人を監視し見張っているところにございましょう。抜け道がないわけではございますまい。ご隠居、お初さんの死の真相をほんとに知りたいのならば、ここはぜひお答えいただけませんか」

「若親分」

「ご隠居、お初さんのためです」

政次が重ねて言った。

長い沈黙と逡巡《しゅんじゅん》のあと、繕右衛門が呟くように答えた。

「一通だけですが、だれが届けたか分からぬままに玄関先に置かれていたことがございます」

「いつのことです」

「お初が骸になって戻される二日前のことでした」

「その文を見せてもらえますか」

「それが」

「どうなされました」

「短い文面の上に最後に読んだら文を燃やしてほしいと、お初が哀訴する下りがございましたでな、倅とも話し合い燃やしました」

「お初さんの手跡で間違いございませんか」

「これも倅と何度も話し合いましたが二人してお初の筆跡に間違いないと判断しました」

「文面にはなんと」

「それが、『針を失った罪を負わされました、もうだめかもしれない』と嘆きの文にございました」

「針を失った罪を負わされました、もうだめかもしれない、それだけの文ですね」

「ほぼそのような文面でした」

繕右衛門が応じて、深い溜息《ためいき》を吐《つ》いた。

第四話　彦四郎の告白

一

政次《せいじ》が金座裏《きんざうら》に戻ってみると登季《とき》と葉《よう》の二人が、楽しそうにお喋《しゃべ》りしながら手先たちのお仕着せを縫っていた。

金座裏では新年と盆にお仕着せを手先たち全員に配った。いつもなら年の内におみつが女衆の手伝いで縫い上げているのだが、今年は湯治旅で江戸を留守にした分、作業が遅れ、

「今年は小正月まで新しいお仕着せは待っておくれな」

と八百亀《やおかめ》以下に願ってあった。

さすがに大奥で三十年余も針子を務めた登季の腕前はちらりと見ただけで、確かなものだった。葉と雑談しながらも手が素早く動いて無駄がなく、一針一針の縫い目が見事だった。

「金座裏が仕立て屋になったようだぜ」

亮吉《りょうきち》が玄関先から驚きの声を上げた。

登季がちらりと玄関の方を窺《うかが》った。

そのとき、政次は登季たちの縫い仕事の座敷を通らずに廊下へと回り、庭側から居間に通ろうとしたので、登季は政次の姿を見ていなかった。

居間では神棚を背に長火鉢の前に宗五郎《そうごろう》が陣取り、菊小僧《きくこぞう》が膝《ひざ》に丸まっていた。

「親分、ただ今戻りました」

と挨拶《あいさつ》した政次の背には銀のなえしが戻っていた。

数寄屋《すきや》町の星野《ほしの》家の帰りに松坂屋《まつざかや》に立ち寄り、昨日借りた松坂屋のお仕着せを返し、銀のなえしを腰に戻していた。

政次は背のなえしを抜くと神棚の三方《さんぼう》に、金流しの十手《じって》と並べて置き、

ぽんぽん

と柏手を打った。

軽やかな音に登季の視線がそちらに向かった。

「政次、繕右衛門《ぜんえもん》さんに会ったか」

「はい、会いましてございます」

隣り座敷で親子の会話を聞いた登季の手が止まった。そして、その場に姿勢を正すと、

「若親分、私どもの命を助けて頂いたそうですね、お礼の言葉もございません。私たちときたら女だてらに泥酔して自分たちの身に危難が降りかかろうとしているなんてちっとも知らずにいました。その上、隠居所から金座裏に船で運ばれたことだって全く覚えていない能天気、恥ずかしいたらございませんよ」

「お登季さん、私どもの務めにございます」

と政次が微笑《ほほえみ》かけた。

「お登季さん、大奥でもさ、金座裏の若親分は役者ばりのいい男と評判が立っていたが、なんとも男前ですよ」

と葉が感嘆した。

「私もね、松坂屋の隠居に連れられてきた手代さんを見てさ、驚いたよ。そしたら松《しょう》六《ろく》様がいや、うちの手代ではございません、金座裏の若親分と言われたときには、ぶるっと背筋が震えたよ」

大奥で針子を務め上げた女二人が掛け合った。

「政次、家に戻ったらこの有様だ。おまえが戻ってから一緒に話を聞こうとな、待っ

ていたんだ」

宗五郎が事情を告げた。

そこへおみつとしほが茶菓を運んできて、

「お登季さん、お葉さん、手を休めて下さいな。うちじゃ今年の暮れは、手先に新しいお仕着せを配れないからと因果を含めてあったんだけどね、気分は決してよくないよ。そこへお登季さんとお葉さんの強い援軍が現れた。神風が吹いたようでさ、反物が次から次に袷《あわせ》に変わるよ」

おみつが感嘆しきりに言った。

「おかみさん、起きてみたら知らない家の座敷に寝せられておりましてね、私ゃ一瞬、大奥時代に戻ったのか、と思いましたよ」

と葉も苦笑いし、さらに言った。

「そこへさ、しほさんが姿を見せて事情を知らされ、穴があったら入りたい気持ちでございましてね。死にたい気持ちを忘れるためにこうして針を手にして、仕事をしているのが一番なんですよ。暮れまで手先方といわず、親分方の仕立て仕事があったら命じて下さいよ」

「今年のお仕着せは一味も二味も違いますよ。大奥でお姫様方の召し物を縫ってきたお針子さんが手にかけたものですよ。江戸じゅう探したって、そんなお仕着せを着ている奉公人はいませんよ」

と笑ったおみつが、

「ささっ、お登季さん、お葉さん、こっちに来て下さいな」

と居間に招じた。

淹《い》れ立ての茶には金鍔《きんつば》が添えられていた。

「政次、朝の間から、深川くんだりまでご苦労だったね」

おみつが政次に言いかけ、

「ほんとうに私たちのために申し訳ないことですよ」

と登季がまた恐縮し、おみつが、

「お登季さんちのおしんさんもすっかり台所に馴染《なじ》んで、お節《せち》造りの手伝いをしてもらっていますよ。お登季さんは恐縮するけどさ、うちじゃ三人の手が増えて大助かりですよ。いつまでもいて下さいな」

と本気で願い、しほと台所に下がっていこうとした。

二人は宗五郎と政次が登季と葉に改めて問い直すことを心得ていたからだ。

「おっ養母《か》さん、茶を頂戴します」

と政次がおみつの背に声をかけて両手で茶碗を持ち、一口喫して、

「やっぱりうちで飲む茶はいちばん美味《おい》しゅうございます」

と洩《も》らしたものだ。

「親分さん、金座裏ではだれもがかように丁重な言葉遣いですかね。松坂屋の隠居に伴われてうちに見えた時は、松坂屋の手代のなりでしたからね、格別不思議には感じなかったんですがね」

登季が呆《あき》れたって感じで聞いた。

「御用聞きの家なんて悪党相手の商売だ、口の利き方が悪いのは看板みたいなものでね、ざっかけない言葉が飛び交うところよ。知ってのとおり政次は松坂屋から鞍替《くらが》えだ。大家《たいけ》の客を相手する松坂屋の奉公人口調を叩《たた》き込まれてきて、身についてしまった。だからさ、うちにきても松坂屋そのままだ。これはこれで直すことでもなし、少々上品な十代目ができ上がりそうだよ」

と宗五郎が笑った。

登季の妹分の葉は金鍔を食べながら、ぼおっと政次を見ていた。

「わたしゃ、金座裏に奉公替えしてもいいよ、お登季さん」

「馬鹿いうんじゃありませんよ。若親分はしほさんって、れっきとしたお嫁さんがい

るんですよ」

「だからさ、若親分としほさんの間に生まれるお姫様のお守りをしながら、こちらで針子を務めさせてもらうというのはどうだろうね」

「お葉さん、富士のお山は川向こうから眺めているくらいがちょうどいいんですよ」

姉さん株の登季が言い、宗五郎が政次に視線を戻すと、

「星野家のところに大奥のお初《はつ》からなんぞが届けられていたか」

と問うと二人の女がはあっとして、表情が険しく変わった。

「ございました」

と答えた政次が、

「お登季さん、大奥から実家に文は出せるものですか」

と登季に改めて問うたものだ。

「若親分、私ども針子ならばその手がないこともございませんよ。たとえば大奥用達《ようたし》の呉服屋に御台所《みだいどころ》様のお召の注文を出すと称して、私がだれかに宛てた文を懇意にしている呉服屋の使用人に願うとかね。あ、言っときますが松坂屋さんはそのような話は一切受け付けられません」

「お登季さん、とくと承知です」

「そうだ、若親分は手代さんだったんだものね」

と得心した登季が、

「だけど、元服小姓のお初さんが実家に文を送るのは難しいと思いますよ」

「それが骸《むくろ》になって戻される前、一通だけ星野家の玄関先に文が何者かによって届けられたそうです」

えっ、と二人の針子が目を丸くして驚いた。

「親分、お初さんは身辺に危険を感じて怯《おび》えていた様子でございまして、短く『針を失った罪を負わされた、もうだめかもしれない』と文に走り書きがあったそうです。そして、文面の最後に文が残されているのは危険だから、燃やしてくれと指示があったとかで、星野では文を焼却しておりました」

「素人はこれだから困る、大事な証拠なんだがな」

とぼやいた宗五郎が、

「手跡はお初に間違いないな」

と念を押し、

「隠居も旦那もお初さんの筆跡に間違いなかったと認めたそうです」

と政次が答えた。

ふうっ
と登季が吐息を吐いた。

「お登季さん、どうやらこの意味がお分かりのようですね」

「およその見当はつきます」

と登季が憤《いきどお》りの表情で言った。

「私どもの作業場は大奥呉服の間にございました。この大広間は大奥の中でもいちばん華やかで楽しい座敷であったことに間違いございません。大奥で召される衣服は、十二単《ひとえ》などの儀式装束は京を始め、城外の装束司に注文されて、私どもの手は経ません。ですが、御台所、姫君のふだん着物、打掛《かけ》はすべてここで仕立てられるのです」

「お登季さん、おまえさんはその大奥呉服の間の頭《かしら》だったのだね」

「親分、三十年も大奥の飯を食ってきたのです。だれでもなれますよ」

と登季が謙遜《けんそん》し、葉が、

「親分さん、大奥の針子を束ねる頭はなかなか権威がございました。頭でなければ御台所や姫君の召し物は仕立てられないのですからね。そのうえ歴代の呉服の間頭の中でもお登季さんは腕と度胸で抜きんでた人でしたよ」

「お葉さん、今さら褒めたってなにもでないよ」

「いえ、そうじゃないよ、お登季さん。大奥なんてだれも知らない世界ですよ、親分方に大奥の暮らしを正しく知ってもらうためにはちゃんと伝えるのが大事なことと思ったんだよ」

「お葉さん、全くそのとおりだ。うちも公方《くぼう》様御目見だが、大奥ばかりは手に負えないからね」

宗五郎が葉の判断を褒めた。

「ほれ、ごらん。私なんか大奥に上がってお登季さんに口が利けるようになったのは何年も後のことですよ。運針の稽古《けいこ》の毎日、少しでも乱れると姉さん株の針子に手の甲を物差しでびしりと音がするほど叩かれるんですよ。そんなとき、姉さん株をお登季さんは眼だけで睨《にら》みを利かせて、躾《しつけ》が正しく行われたかどうか伝えるんです、その貫録たるやすごいのなんのって」

「お葉さん、私たちがどうやって金座裏に運ばれてきたか、思い出しましたか。もはやお里が知られているんです。いくら大奥時代のことを誉《ほ》めそやしても、親分さんも若親分も信用しませんよ」

登季が苦笑いした。それでも大奥のことを懐かしく思い出したか、過ぎ去った日々を追憶するように言い出した。

「御用達の呉服屋から塗り箱に入った反物の数々が届けられた日は、御台所様、姫君様に始まり、上臈《じょうろう》や御年寄衆が呉服の間に次々に姿を見せられて、反物を選びます。その賑《にぎ》やかなこと、かしましいこと、晴れやかなこと、上臈衆もあれほどの楽しみはございますまい。長いことかかって選んだ反物を御身体にあてて、様子を見ておられる。針子は一瞬の判断で仕立てを考えねばなりません。呉服の間で呉服の間頭以下十一人の針子、それに各局《つぼね》にもそれぞれ針子がおりますから総勢三十人から四十人の針子が仕立てていく光景は壮観の一言にございます」

昔を思い出したか、登季が話を止めた。

大奥の話を聞ける機会など滅多にあるものではない。登季の話が脇道に逸れようとどうしようと宗五郎は、登季に自由に話をさせ、政次も傾聴した。

「針子さん方は端《は》切《ぎ》れや真綿の残りを溜《た》めておいて下げ渡されると聞いたがな」

「親分さんはさすがに物知りですね。いかにもその通りで年に二度、高価な反物の端切れや上質の綿が下げ渡されるのが針子の役得でしてね、三年も大奥奉公をすると、嫁入り衣装が出来たものです。もっとも私とお葉さんは嫁入り衣装を着る機会は失しましたがね」

と苦笑いをした。

「これからだってあろうじゃないか」

「親分、よしてくださいな。大奥に三十年も巣食うと、なみの暮らしは出来ませんよ。昨晩のように仲間のお葉さんを呼んで、酒で憂さを晴らすのが関の山」

「おまえさん方が端切れで嫁入り仕度ができるとしたら、出入りの呉服屋はなかなかの稼ぎだな」

と宗五郎が言った。

「そりゃ、私に聞く話ではございませんよ、松坂屋の手代さんだった若親分のほうがとくと承知でしょうが」

「お登季さん、手代風情では大奥の商いはさせてもらえません。松坂屋でも京、伊勢の事情を承知の番頭の務めにございましてね、おそらくその番頭さんと大番頭さん、旦那の数人しか大奥の商い事情は知りますまい。ですが、親分、四代、五代様の頃まででは派手な商いが出来たと申しますが、今は幕府財政も苦しゅうございますゆえ、大奥だからといってそう旨《うま》みがあるとも思えません」

と政次が答えた。

「私も話に聞いたことがございます。大奥に最初に節約令が出たのが寛文三年（一六六三）にございまして、『女院、姫君の御服、上品の値は銀五百目をすぎてはいけない、うんぬん』というものでしてね、一時は京都の西陣の織元に通達されたそうですが、五代様の生母様は京の呉服商の出でございまして、西陣を活気づかせようと季節季節に山のような注文を出され、そのたびに袖《そで》も通さない召し物、反物、帯をなんと庭に山と積んで焼かせておられたそうな、そのような贅沢《ぜいたく》はもはやただ今の大奥では許されません」

と元大奥呉服の間頭が言い切った。

「それでも大奥が御用達呉服屋の稼ぎ場所であることに変わりはねえ」

登季が頷《うなず》いた。

「お登季さん、出入りの呉服屋で一番の稼ぎ頭はどこだえ」

登季が政次を見た。

「おそらく中橋広小路《ひろこうじ》の丹後屋《たんごや》佐兵衛《さへえ》様にございましょう。本店は京の西陣にございまして、このところ急速に売り上げを伸ばしてきた呉服屋さんにございます」

中橋広小路は日本橋から東海道に向かう通《とおり》四丁目と南伝馬《みなみてんま》一丁目界隈《かいわい》を指した。丹後屋をむろん宗五郎も知らないわけではない。

「丹後屋は大奥のあちらこちらに過分な付け届けをなされて商いを広げられた呉服屋ですよ、親分」

と葉が言い切った。

「中奥の御鈴廊下目付の加納傳兵衛《かのうでんべえ》や女忍びが城の外で動き回るには金もかかる。その金の出処《でどころ》はだれか」

「親分は出入りの呉服屋と申されるので」

「いや、政次、そこまで決めつける材料はなにもない。だが、怪しげな連中が動くには金が要ると言っているだけだ」

「頭の片隅に入れておきます」

と答える政次に、

「女忍びと言われましたな」

登季が言い出した。

「お登季さん、お梗《きょう》の父親の内藤《ないとう》家家来、笠間《かさま》三十郎《さんじゅうろう》らがおまえさんらの命を狙《ねら》ったという話はしたな。だが、政次の出現でしくじった。政次らは大番屋に連れていくには手が足りなくて、五人を一時《いっとき》おまえさんちの近くの廻船《かいせん》問屋の船蔵に閉じ込めておいたと思いねえ。その五人をあっさりと吹き矢のような飛び道具で始末した者がいる。そいつが絹の黒衣を着て、麝香《じゃこう》を体に焚《た》き込めた女忍びなのだ」

「甲賀のお市《いち》」

「やはり大奥に女忍びがいやがったか」

「いえ、大奥でだれも甲賀のお市の姿を見たものはいないんですよ。だけど、なにか起こったとき、御鈴廊下目付の加納傳兵衛と組んで、始末に走る女忍びといわれております」

「どうやら、お初を始末した人物が浮かび上がってきたな」

「お登季さん、お初が死ぬ直前に実家に届けた文、『針を失った罪を負わされた、だめかもしれない』という一文にはどのような意味が込められているんですか」

「若親分、呉服の間でいちばん怖いのは針一本でも失うことです。もしも御台所様や姫君の召し物に刺さっていたら、えらいことですからね。針がなくなったときには庭の白洲《しらす》までさらって探し、探し出すまではだれも着物を替えさせず、部屋にも戻させませぬ、それほどの一大事なのです。針子が職を失うだけでは済みますまい。事の次第によっては命に代えて罪を償わねばならない騒ぎなのです」

「お初さんは針をなくしたのでしょうか」

「そこがおかしい。針を持つのは針子です。針子が失うならば意味も分かりますが、元服小姓のお初様が針をなくしたと非難されるのは、どうも合点がいきません」

「だからさ、お登季さん、お梗様を中﨟に上げようという連中が仕組んだ罠《わな》にお初様は嵌《は》められたんですよ」

と葉が言い切った。

二

木枯らしが江戸の町に吹き荒れていた。

そんな夜、鎌倉河岸の船着場に押送り船が一艘舫《もや》われていた。押送り船は、搔送りともいわれ、単に魚河岸では、

「おしょくり」

とも呼ばれる輸送船だ。

房州木更津や相州鎌倉の漁師らが値の高い旬の魚の初かつおなどを満載して、一気に江戸へと走る早船であり、三丁櫓《ろ》や五丁櫓で一気に江戸湾を突っ走ってきた。獲れた魚を大量に積めるような船体で、鮮度を保つための工夫が船底になされていた。そんな押送り船がなぜか、御城をのぞむ鎌倉河岸に移動してきていた。まあ、忙しい師走の夜だ。だれもが押送り船が鎌倉河岸の船着場にいることなど気にもしなかった。

早走り船には苫《とま》がかけられ、ひっそりと石段下に停船して時を待っていた。

時折、苫の奥で、
ぽおっ
と煙草《タバコ》の火が浮かんでは消えた。木枯らしに堀に波が立っていたが、そんな中、押送り船には金座裏の宗五郎、八百亀、だんご屋の三喜松《みきまつ》ら金座裏の面々が息を潜めて乗っていた。それに北町の吟味方与力今泉修太郎《いまいずみしゅうたろう》に御目付支配下平岩兵衛《ひらいわひょうえ》も潜んでいた。

さらに龍閑橋《りゅうかん》下には一艘の猪牙舟《ちょきぶね》が潜んで、こちらには若親分の政次らと金座裏の若手連の常丸《つねまる》、独楽鼠《こまねずみ》の亮吉、左官の広吉《こうきち》らが分乗していた。

船頭は彦四郎《ひこしろう》だ。

猪牙舟には十尺（約三メートル）ほどの竹棒の先に頑丈な手鉤《てかぎ》が装着された即席の鳶口《とびぐち》が何本も積まれていた。

「若親分、女忍びめ、まだ城の外にいるかねえ。今日の昼間、海辺新田の茅地《かやち》から逃れた不浄船だぜ、城の中に戻ったかもしれないぜ」

と亮吉が呟くように聞いた。

「不浄船ですよ、日中おおっぴらに御堀に姿を見せることはありますまい。それに御目付支配下の平岩様が平川門の船蔵から一艘の不浄船が二日前に出ていったまま、まだ戻ってきていないとうちに知らせてくれなすったんだ。その知らせを信じて待つしかない。亮吉、我慢のときだ」

「木枯らしまで吹きやがってよ、寒いったらありゃしない」

とぼやいた亮吉が、

「豊島屋《としまや》の田楽《でんがく》が恋しいぜ。熱燗《あつかん》でさ、熱々の味噌《みそ》田楽を食ってみねえ、寒さなんぞ吹っ飛ぶがね」

「亮吉、おまえ、少し黙っていられないのか」

彦四郎が政次に代わって注文をつけた。

「黙っていりゃ、腹の虫が鳴くしよ、寒さが募《つの》る。喋っているしかないんだよ」

龍閑橋の闇《やみ》に潜む猪牙舟の中で亮吉のぼやきは繰り返された。

橋から半丁ほど龍閑川奥で灯《あか》りが動いた。

彦四郎が見ていると綱定《つなさだ》で客が猪牙舟を雇ったか、船頭が棹《さお》を差して龍閑橋へとやってきた。

彦四郎らは息を潜めて猪牙舟をやり過ごそうとした。すると猪牙舟がすいっと彦四郎の舟に寄ってきて、

「師走にご苦労なことですね、若親分。おふじが煮浅蜊《にあさり》を焚き込んだ飯でにぎりを作

ったんだ、腹が減っては戦もできないからな」

なんと親方の大五郎《だいごろう》自ら差し入れを運んできた。

「おっと、さすがに綱定の親方だ。こっちの気持ちが見通しだぜ。上に立つ人はこの程度の気遣いがなくちゃいけねえや」

早速亮吉が余計な返答をした。

「どぶ鼠、この程度の気遣いで恐縮だな」

「いえなに、親方、言葉が滑っただけだ。十分なお持て成し有難うございます」

「ふん、亮吉が急に変心したよ。気持ちが籠《こも》ってねえ言葉だぜ」

「親方、亮吉に気持ちなんぞ求めても無理だよ」

「それもそうだな」

大五郎と彦四郎の主従が掛け合った。

「親方、お気を使わせて相すまぬことです。おふじさんに宜《よろ》しくお伝え下さい」

と政次が丁寧に礼を述べた。

「包みと貧乏徳利をうけとりな、彦四郎」

「えええっ、酒もあるのか」

と亮吉が奇声を発した。

「寒が戻った師走に水の上は寒いや、景気づけだ。皆が酔わない程度に徳利に酒が入れてある。もう一つの徳利には茶が入っている、こちらは亮吉用だ」

「お、親方、それはねえぜ、おれだけ茶かえ」

にたりと笑った大五郎が御用を務める舟の中に風呂敷包みと貧乏徳利二つを差し入れると、後ろ向きに舟を操り、綱定の船着場に戻っていった。

「よかったな、綱定の近くで張り込んでよ。伝次《でんじ》は独りで日本橋の袂《たもと》で吹きっ晒《さら》しだ、寒いぜ」

と亮吉が貧乏徳利に手を延ばそうとした。

「待った、亮吉」

「酒はだめか、若親分」

とがっかりした様子で亮吉が手を引っ込めた。

「伝次だって腹を空《す》かせていよう。亮吉、握りめしを届けておいで。帰ってきたら飲んでいいからね」

「合点だ」

風呂敷包みを解くと竹皮包みが十ほど現れた。竹皮には二つ三つは入っている大きさだった。

「師走は遅くまで客がいるからよ、船頭に夜食が用意されているんだ。うちの名物の竹皮包みの握りめしは三つがお決まりでな、一個目は煮込んだ鶏が包まれている握りめし、二つ目は青菜漬、三つ目は海苔《のり》と定まっているんだ。だが、今晩は格別で浅蜊のにぎりだと、よしよし香の物も添えてあるぜ」

彦四郎が説明し、亮吉が竹皮包みを一つ懐に入れ、猪牙舟から土手に飛んだ。

「伝次、辛抱しろと伝えておくれ」

「承知したぜ、若親分」

亮吉が夜の龍閑橋へと上がり、姿を消した。

「若親分、親分方はいいかね」

常丸が案じた。

「あちらは豊島屋の傍らで張り込んでおいでだ。清蔵《せいぞう》さんが黙っておいでではございますまい、今頃田楽の差し入れがございますよ」

と政次が応《こた》え、

「大五郎親方とおふじさんの心遣い、頂きましょうかね」

政次は一つ竹皮包みに手を伸ばした。包みを開くと煮浅蜊の握りめしに大根と瓜《うり》の古漬けが添えてあった。

「彦四郎、頂戴しますよ」

と声を幼馴染にかけた政次は一つ目を摑《つか》んで頰張《ほおば》った。よく煮込んだ浅蜊が炊きこんであって、甘辛いたれが握りに沁《し》みて美味しかった。

昨夜は深川で深夜まで動き回った。

今朝方、登季と葉から話を聞いたあと、宗五郎は北町奉行所に今泉修太郎を訪ねた。

政次も宗五郎に従おうとすると、

「政次、おめえは昨夜の捕り物に続いて早朝から走り回って疲れたろう、ちょいと体を休めておけ。不浄船召し捕りの大捕物が待っていらあ」

「疲れているのは親分だって一緒にございます」

「だからって二人して雁首《がんくびそろ》揃えて奉行所にいくこともねえや、用事を済ませたあと、おめえと交替で休もう」

宗五郎が一人で北町奉行所に向かった。

政次は宗五郎の気持ちを有難く受け取り、一刻半（約三時間）ばかり眠って疲れを取った。眼が覚めたとき、ちょうど宗五郎が戻ってきたところで、

「不浄船に甲賀のお市なんて女忍びが潜んでいるかどうか、御目付の平岩兵衛様も立ち会いたいと仰《おつしや》っておられる。平川門の不浄船に乗って、大奥に潜む女忍びなんぞが

城の内外に出入りしておるのは見逃すことはできないと申されてな、密《ひそ》かに今晩お出張りになるそうだ」

と政次に言うと、

「北町の帰りに松坂屋に立ち寄ってきた」

と宗五郎が付け足した。

「丹後屋佐兵衛様が大奥に手を広げておられる一件をお尋ねに行かれましたか」

「このようなことは同じく大奥に出入りを許された御用達商人に聞くのがいちばんだ。だが、由左衛門《よしざえもん》さんも番頭の久蔵《きゆうぞう》さんも口が堅くてな、同業のことをいくら御用とはいえあれこれ告げ口するのはどうもと渋られたが、立ち会われた松六様がさ、おまえさん方は知らぬ振りをなされ、すでに隠居の身の私が金座裏に四方山《よもやま》話をするのを止めることはできますまいと話して下された」

「ご隠居様はなんと申されました」

「丹後屋佐兵衛は大奥出入りになるときも、だいぶ金をあちらこちらにばらまいたそうだな」

「そんな噂《うわさ》はつねに流れております」

「最近、丹後屋が必死で大奥での呉服の売り上げ伸長を図っているのは、商いがうまくいってないからではないかと、ご隠居は推測しておられた」

「そのような噂も知らないわけではございません」

「政次、丹後屋が定火消役内藤様の屋敷に親しく出入りしておるのを承知かえ」

「いいえ、それは初めて耳にすることにございます」

「となると内藤家のお梗が中臈になり、上様のお手付きになって、うまく事が運んで念願どおりの御近習に役替えになったとしよう。こいつは内藤家にとっても丹後屋にとっても万々歳のことではないかえ」

「さような企《たくら》みがうまくいくものでしょうか」

「さあな、だが、丹後屋は商いを立て直そうと大奥での売り上げを伸ばそうと策した。そこで内藤家と結託してお梗をなんとしても元服小姓から中臈に出世させる要があった。だが、駒根木の養女のお初がお梗に先んじて、中臈になりそうな気配だ。そこでさ、御鈴廊下目付の加納傳兵衛やら甲賀のお市という中奥、大奥を闇から牛耳る輩《ぎゅうじ やから》に金を贈って、お初に針を失ったという罪咎《つみとが》を着せて始末したという寸法と思える。だが、すべて推量に過ぎぬ、城中のことだ、始末人や女忍びなどおらぬと言われればそれで終わり、こちとらはなんの手出しもできない。そればかりか、町方風情が城中のことに手を出すかと、厳しいお叱《しか》りを受けることは十分考えられる」

「なんとしても不浄船の棺《ひつぎ》に甲賀のお市が忍んでおるのを押さえることしか、私どもがこたびの一件を解決する方法はございませんね」

「そういうことだ」

政次は二つ目の握りめしを食しながら宗五郎との会話を考えていた。

「若親分、酒を呑むかえ」

彦四郎が茶碗を差し出した。

「いや、それはよしておこう。茶を貰《もら》おう」

「そういうと思ったぜ」

と笑いながら彦四郎が二本目の徳利に入った茶を注《つ》いでくれた。

時が過ぎていくが亮吉が戻ってくる気配がない。

「亮吉め、伝次に付き合っているかね。酒飲みたさに必死に戻ってくるはずだがな」

と常丸が呟いた。

「若親分、様子を見てこようか」

「いや、亮吉になにがあったか知らないが、帰ってくるときには姿を見せましょう」

と政次が判断した。

四つ（午後十時）の時鐘が龍閑橋の橋下に響いてきた。本石町《ほんこく》三丁目の北側にある、「石町の時鐘」から打ち出される四つの刻限だ。

「明日は大つごもりだぜ。今晩じゅうにさ、大捕物を終えてよ、おれも船頭に戻らねえと朋輩の手前、大威張りで正月を迎えられねえぜ」

彦四郎がつい本音を洩らした。

「親分も彦四郎を万事頼りにし過ぎる。綱定の親方に迷惑をかけていると気にしておられた」

「なんだかな、おりゃ、金座裏の船頭か綱定の船頭か、分からなくなるときがあるぜ」

「来年は出来るだけ彦四郎に頼らないようにしよう」

「それはそれで寂しいものがあるけどな」

「彦四郎、どうだ、そろそろ所帯を持つ気はないか」

「所帯を持つとなにか変わるかね」

「私もしほと所帯を持つ前はなにも変わるまいと思ったものさ。だが、祝言《しゅうげん》を挙げて、子が生まれると知らされたら、やはり独り身の時とは違った気持ちになってきた。もう放埒《ほうらつ》なこともできないと考えたのだ」

「政次は物心ついたときから放埒なんて言葉に縁がない男だったよ。それでもそんな気持ちになるとしたら、所帯を持ってみるか」

「相手はいるのか」

幼馴染の政次と彦四郎の会話を常丸たちが黙って聞いていた。

「うーん」

「どうやらその返事は思いをかけた相手がいるらしいな」

「いないわけじゃない。若親分、だけどいささか問題があるかもしれねえ。亮吉の前ではとても話せないことだ」

「彦四郎さんよ、まさか人の持ち物ではあるまいな」

と常丸がつい口を挟んだ。

「常丸兄さん、いや、そんなんじゃない」

「ならばなにを迷っているんだ。彦四郎さんは綱定の稼ぎ頭で嫁の一人や二人食わせることができようが」

「常丸、嫁は一人に決まってますよ」

と政次が言った。

「若親分、言葉のあやだ」

「政次、常丸兄さん、子供が二人いるんだ」

「なんだって、相手に子が二人もいるって。そりゃ、どういうことだ」

「瓦《かわら》職人だった亭主が普請場《ふしんば》の屋根から突風に煽《あお》られて落ちて死んだんだよ。そんなわけで三歳と一歳半の娘がいるんだよ」

「相手はいくつだ」

と常丸が真剣になった。

「二十歳だ」

と彦四郎が即答した。

「彦四郎、互いに齢《とし》に不足はないな。いつからの知り合いだ」

「亭主が死んで半年後のことだ。おれがさ、新堀川に竜宝寺の玄諒《げんりよう》さんを送って行ったと思いねえ。山門にさ、墓参りを済ませた家族の四人連れが姿を見せて、おれが送っていた玄諒さんと話していたが、玄諒さんが船頭さんや、こちらを横川の法恩寺橋まで送ってくれませんかと願われて付き合うことになったんだよ」

龍閑川を吹き抜ける木枯らしが一層激しさを増していた。水面《みなも》が波立ち、猪牙舟の縁《へり》に当たって砕けた。

舟は寒かったが、彦四郎の思わぬ告白に政次たちは聞き入っていた。

「彦四郎、その女のどこが気にいったんだ」

「どこって、おかなって上の娘が愛らしくてな、はじめおれは子供二人にしか目がいかなかったんだよ」

「彦四郎らしいな」

と政次が呟いた。

「母親はどうなんです、彦四郎さん」

左官の広吉までが口を挟んできた。

政次を含めてほぼ同じ年の頃の若者だった。仲間の恋話には当然関心があった。

「娘二人を育てるのが必死だって風情《ふぜい》だったな、そんな横顔が凜々《りり》しくてさ、美しかった」

「惚《ほ》れたんだな」

「ああ、一目ぼれかもしれないな」

彦四郎の正直な告白に政次を含めて圧倒されていた。

「相手の女と話したのか」

「常丸兄さん、そんなときはよ、姑《しゅうとめ》が一緒だったんだぜ。話しかけるなんてできるものか」

「でもよ、舟中の話は彦四郎の耳に入ったろう」

「ああ、姑がお駒《こま》、こないだの話はどうするねと話しを始めてね、どうやら姑はさ、嫁のお駒さんを死んだ亭主の従兄弟《いとこ》と新たに所帯を持たせて、そのまま一緒に住んでいこうって考えている様子だったな」

「そしたら、お駒さん、なんって答えたね」

「亭主が亡くなってまだ半年、再婚なんて考えられませんと答えていました」

「そりゃそうだ。亭主が死んで半年で亭主の従兄弟とよ、所帯が持てるものか」

と常丸が言い切った。

「彦四郎、その後、お駒さんと会う機会があったんだろうね」

「月命日に墓参りにくるって、竜宝寺の玄諒さんに聞いたんでよ、次の命日に竜宝寺を訪ねたんだ。そしたら、お駒さんが一人で墓参りに訪れてな、玄諒さんが墓の前でお経を上げてくれてよ、終わってから庫裏《くり》で茶を点《た》てた場におれも呼ばれたんだ」

「坊さんは彦四郎さんの気持ちが分かっていたんだね」

「広吉さん、おれがなんども聞きに行ったからね」

「それでどうなった」

「またお駒さんを法恩寺橋まで送ったよ」

「こんどは一人だ、気持ちを伝えたんだね」

「常丸兄さん、会って二度目の相手に早過ぎるよ」

「そんなことがあるものか、彦四郎」

と常丸が言ったとき、ばたばたと草履《ぞうり》の音が響いて、

「若親分、現れましたぜ、不浄船がよ。おれ、親分に知らせてくるぜ」

と叫んだ伝次に向かって政次が、

「亮吉がそちらに行ったろう」

と尋ねると、

「とっくの昔に帰りましたよ」

という声が遠くから聞こえてきた。

三

「亮吉のやつ、どこにいったんだ」

常丸が呟きながら、長い竹棒の鳶口を摑んだ。広吉が見習い、彦四郎が舫い綱を外《はず》すと石垣を手で押して猪牙舟をいつでも漕ぎ出せるようにした。

った。

政次は舳先《へさき》に片膝をついて座り、腰から銀のなえしを抜いた。

その瞬間、すうっと不浄船が政次らの眼の前を過ぎて、神田橋御門へと向かってい

なんとも早い船足だ。一見、船頭以外無人と思える船には、驚いたことに幾つもの

棺が積まれていた。城中に骸《むくろ》を入れた棺を持ち込めるわけもない、空《から》の棺だろう。船

底に四段並べられ、さらに三段、二段、一段と四段に十の白木の棺が積まれていた。

鎌倉河岸の船着場に留められていた押送り船が棺を積んだ不浄船の行く手を阻《はば》むよ

うに御堀に出ていった。

五丁櫓を揃えた船の漕ぎ手には、魚河岸に魚を運び込む押送り船の中でも腕こきが

選ばれていたから、船体が大きな割には機敏に動いて、不浄船の行く手を阻み、八百

亀らが鳶口を構えて、不浄船に引っ掛けようと待ち構えているのが見えた。

不浄船が待ち伏せする押送り船に気付き、船足が弱められたと思った瞬間、

くるり

と見事に回転して、今来た御堀を逆走して逃走しようとした。するとその行く手に

は政次らが乗った猪牙舟が長竹棒の鳶口を常丸と広吉が両側から斜めに立てて待ち構

えていた。

不浄船に人の気配がした。

船底に伏せていた人影がいくつも立ち上がった。

黒衣の影の一人が不浄船の舳先に立ち、口に筒を咥《くわ》えたと思ったら、堀端の常夜灯の灯りにきらりと光って、お初や笠間らを殺した吹き矢が飛び出し、片膝ついて身構える政次の顔に向かって飛んだ。

不浄船と彦四郎の猪牙舟の間に十間《けん》ほどの水面が広がっていたが、光になった吹き矢は一気に政次の顔に吸い込まれようとした。なんともすごい肺の力だった。だが、次の瞬間、政次の手の銀のなえしが翻《ひるがえ》り、飛来する吹き矢を、
ばしり
と見事に水面へと叩き落とした。

罵《ののし》り声が不浄船から響いた。

「甲賀のお市、もはや大奥に女忍びのそなたが戻るべき場所などない」

と政次の声が爽《さわ》やかに響いて、

「町方風情が邪魔をしおって」

女忍びの命が新たに発せられ、不浄船は、再び方向を、これまで彦四郎の舟が止まっていた龍閑橋へと転じた。そして、船体に積まれた棺が女忍び一味の手で次々に水

上に投げ落とされて、追尾に入った猪牙舟や押送り船の行く手を阻もうとした。

最後の棺を持ち上げた手下が首を捻《ひね》り、仲間の手を借りて不浄船から水面に投げ落として、不浄船は身軽になった。

ぷかりぷかり
と十もの棺が龍閑川に浮かんで金座裏の面々の追跡を阻んだ。

白木の棺が常夜灯の灯りに浮かび上がって、なんとも不思議な光景だった。

最後に龍閑川に投げ落とされた棺の蓋《ふた》が少しだけ開き、手が出ると不浄船の船べりに手鉤をかけた。そして、棺桶《かんおけ》から手が伸びた棺舟は綱定の船着場に寄せようとしていたがなかなかうまくはいかなかった。

小さな影が棺に立ち上がり、

「師走の龍閑川で水浴びか」

と吐き捨てると水に飛び込み、船着場に泳いでいった。

「亮吉たら、いつ不浄船に潜り込んだのだ」

その動きを見逃さなかった政次が思ったとき、止まっていた不浄船が動き出し、女忍びが艫《とも》に向かうと鳶口で棺をよけようとする彦四郎の舟に向かって手を振った。

不浄船の船足が上がった。

彦四郎の猪牙舟が棺の流れに舳先をなんとか捻《ね》じ込んで、不浄船を追おうとしたが、ぷかぷか浮いている棺のせいで櫓がうまく使えなかった。

その時、政次は船着場の杭に捕り縄の先をくるくると巻き付ける亮吉を見ていた。

(なにをする気か)

と政次が見ていると水面にぴんと綱が張り、捕縄で不浄船と杭の間が結ばれているのが分かった。

がくん
と不浄船の船足が落ちた。

「亮吉、ようやった、手柄だよ」

政次の声が響いて、元気づいた彦四郎の猪牙舟が棺の水面を分けて急に停止した不浄船に迫った。

「縄を切れ、切るのだ」

女忍びの甲賀のお市の命がとんで、一味の者が不浄船を止めた縄を探した。そこへ、
がつん
と猪牙舟の舳先が不浄船の艫付近にぶちあたり、押し出されるように不浄船が前へ進もうとしたが捕縄に捉《とら》われて進めなかった。それでも猪牙舟と不浄船の間に半間ほ

ど隙間《すきま》ができた。
亮吉が張った捕縄を見つけたお市の一味が捕縄を忍び刀で切った。
常丸の竹柄の鳶口の先が、
がつん
と不浄船に食い込み、
「逃げられるもんなら逃げてみやがれ」
常丸の啖呵《たんか》が堀に響いた。
政次が女忍びに向かって飛んだのはそのときだ。
甲賀のお市は吹き矢を右手に筒を左手に持って政次を迎え打った。右手の吹き矢が閃《ひらめ》き、虚空にある政次に投げ打たれようとした。
その瞬間、広吉の鳶口が不浄船に打ち込まれて、
えいや
とばかりに手元に引き寄せた。ためにお市の体勢が崩れた。そこへ政次が銀のなえしを、
「発止！」
と肩口に叩き込み、体ごとお市を不浄船の船底に押し潰した。

船頭が女頭領を助けようと政次に迫ったが、ずぶ濡《ぬ》れの亮吉が船着場にあった竹竿《たけざお》を手に、

「てめえら、むじな長屋の亮吉様の腕前をごろうじろ」

と船頭の横腹を突いて動きを封じた。そこへ常丸と広吉の鳶口が加わり、不浄船に押送り船が寄ってきて、

「不浄船を利用して城中に潜入しようとは不届き千万、上席目付平岩兵衛が許さぬ！」

の声が龍閑川両岸に響き渡った。

政次が片膝で甲賀のお市の体を船底に押し付けて手際よく捕縄で後ろ手に縛り上げた。お市はなえしに打ち据えられて意識が朦朧《もうろう》としていたから、大した抵抗もなくお縄になった。

かくして押送り船、猪牙舟と二艘に挟まれた不浄船の一味は次々に捕まっていった。

「若親分、お手柄だ」

押送り船から北町奉行所の吟味方与力今泉修太郎が声をかけてきた。修太郎は捕物出役の姿ではなく、羽織袴《はおりはかま》姿だ。

この捕り物、大奥に関わる騒ぎゆえ北町奉行所も金座裏も表向きは動いてはいない、あくまで城中の問題として調べが行われることになっていた。

政次がお市の体を引き起こし、すでに奪い取っていた筒と吹き矢を、

「平岩様」

と御目付に差し出した。

「若親分、こたびのことでは借りができたな」

「平岩様、御鈴廊下目付をひっ捕え、このお市といっしょに厳しく吟味して、元服小姓のお初はなぜ殺されねばならなかったか、真相を糾明して下さいまし。私どもが差し出がましくも動いたのは、そのことがあったからにございます」

「相分《あいわ》かった。吟味の次第は必ずや知らせる」

政次は頷くと不浄船の船底にお市を転がした。そこには不浄船の船頭以下五人の一味が同じように河岸の鮪《まぐろ》のように転がされていた。

「政次、甲賀のお市は油断がならねえ、平岩様に同道して平岩様がよいと申されるところまで、こやつらを見張っていけ」

と押送り船から宗五郎が命じた。

「畏《かしこ》まりました」

不浄船に平岩兵衛と目付同心二人が乗り組んできて、その一人が不浄船の櫓を握り、未《いま》だ棺が浮く龍閑川を御堀へと漕いでいった。

「彦四郎、ご苦労だったな。押送り船の船頭衆には明日にも宗五郎が礼にいく、と魚河岸の頭に伝えてくれねえか」

用事を済ませた押送り船が姿を消して、綱定の船着場に彦四郎の猪牙舟が付けられた。

「宗五郎親分、正月を迎えようというのに、うちの店先に棺がぷかぷか浮いているなんぞ、縁起が悪いぜ」

と河岸道から大五郎親方ののんびりとした声がした。だが、言葉ほど大五郎の機嫌は悪くなく、なんとなく面白がっている様子があった。

「親方、夜中に騒がせて悪かったな」

「なかなかの見物でしたよ、棺桶から亮吉が飛び出してきたときにはびっくりしましたぜ」

「そうだ、あやつ、どこに行きましたかね」

と宗五郎がだれともなく聞いた。

「親分、寒中の水に飛び込んだんだ、騒ぎが一段落したらぶるぶる震えはじめたんでね、うちの湯に浸からせていますよ」

「大五郎さん、そりゃすまないことをした」

「なあに、これで騒ぎが終わり、彦四郎がうちに戻ってくるならば、うちの船着場を騒がせた甲斐《かい》があったというものですよ」

と大五郎が笑った。

「言い訳のしようもない、暮れの稼ぎどきに彦四郎を金座裏で独り占めして申し訳ない」

「政次さんばかりか彦四郎まで金座裏にとられちゃ叶わないがね」

と大五郎が笑い、

「親分、亮吉もうちの湯に浸かっていることだ。茶でも飲んでいかないかえ」

と誘った。

宗五郎は修太郎を見た。

町方の手を離れた騒ぎだ、あとは平岩兵衛が加納傳兵衛と甲賀のお市らの吟味をして真相が分かったときに星野家に伝えにいけばよいことだった。ともあれ調べがどう進もうと大奥が絡んだことだ、すべてが世間に知らされることはなく、闇に葬られる可能性が大きかった。

つまりこの事件、町方は一切関わりない話だった。

「正直申して体が冷え切った」

と今泉修太郎が答えた。

「ならば綱定にちょいとお邪魔しますかえ」

と応じた宗五郎が、

「八百亀、おめえらは棺を片付けて先に金座裏に戻れ。それからおみつに言ってな、亮吉の着替えを届けさせろ」

と命じた。

綱定に立ち寄ったのは今泉修太郎に金座裏の宗五郎の二人だ。

船宿は客商売だ、帳場に火が入れられて、なんと酒の仕度がなされていた。

「二階から奇妙な捕り物を見物させてもらいましたよ」

とおふじが深夜にも拘《かか》わらずきちんとした身なりで姿を見せた。

「おふじさん、夜中にうちの亮吉まで世話になってすまねえ」

「亮吉さんたら、湯殿《ゆどの》に連れていったとき、ぶるぶる震えていましたけどね、ただ今様子を見にいったら、鼻歌が聞こえておりました。元気を取り戻したようです」

「能天気な野郎だ。あやつ、どうして不浄船の棺桶に潜り込めたんだ」

とそこへ上席目付平岩兵衛を送って行った政次が彦四郎と一緒に姿を見せて、

「いえ、おふじさんから差し入れの握りめしの包みを一石橋際で見張る伝次に届けにいったんですよ。そしたら、いつまでたっても戻ってこない、私も亮吉がどこでどうして不浄船の棺に隠れていたか、承知しておりませんので」

と政次が答えたところに鼻歌が聞こえて亮吉が登場した。

三人が亮吉を見た。

「な、なんだい、おれ、なんぞ抜かったか」

「亮吉、抜かったかじゃありませんよ。伝次におふじさんの気遣いを届けにいったたま、一体全体どうなったんですね」

「若親分、不浄船棺桶よりの亮吉登場の一幕かえ」

「芝居話じゃねえ、捕り物だ」

宗五郎が一喝した。

「親分、仕方ねえんだよ。流れでそうなったんだもの」

「流れだと、説明しねえ」

「伝次におふじさんの握りめしを届けたらさ、おりゃ、つい、日本橋を回って鎌倉河岸に戻る気を起こしたんだ。それでさ、西河岸から高札場の前に差し掛かった頃合い、まだ四つ前、師走のこともあって人の往来がかなりあったんだよ。そんでよ、おれが橋に架かったとき、御高祖頭巾《おこそずきん》の女がすうっとおれの目の前を通り過ぎたと思いねえ、親分。だれだと思うね」

「話の流れからいきゃあ、甲賀のお市しかおるめえ」

「あたりだ」

「亮吉、御高祖頭巾で顔を隠していた女が大奥の女忍びとどうして分かった」

と彦四郎が尋ねた。

「よう聞いた、彦四郎。おれの弟分にしてもいいぜ」

「馬鹿野郎、そうでなくてもおりゃ、綱定で肩身が狭いんだ。おまえの手下にされてたまるか」

「そうか、ならねえか」

と答えた亮吉が、

「おふじさん、すまねえが熱燗の酒が冷めそうだ。その前に一杯頂戴していいかねえ」

と亮吉が催促して、

「あら、忘れていたわ。今泉様、まずお一つ」

と如才なくおふじが全員に酒を注いだ。

亮吉が喉を鳴らして飲んで、

「湯と酒、これで人心地ついたぜ」

とほざくと話を再開した。

「親分、おれの鼻先をさ、なんとも奇妙な香りが流れていったんだよ。おりゃ、麝香の匂いがどんなものか知らねえ、だがさ、遠州屋《えんしゅうや》の東蔵で一瞬嗅《か》いだ、あの香りと似ているようでな、女をつける気になったんだ」

「ほう、なかなか気が回るようになったな、亮吉」

「親分、相手は女忍びだ。おれのなりは手先そのものだ、絡《から》げていた裾《すそ》を下ろしてよ、松坂屋の手代にでもなったつもりで、間に人を挟みこみながら尾行したんだ。そしたらさ、あの女、小網町一丁目と二丁目に架かる思案橋から堀江町に向かっていきやがった。堀留《ほりどめ》に空の不浄船が止まっていてさ、女はあの近辺に姿を消しやがった。だが、おれは慌てなかったね、なんたって、おれの眼の前に不浄船が止まっているんだもの、甲賀のお市が城中大奥に戻るとしたら、不浄船で乗り付けるしかあるめえ」

「まあ、そうだな」

話の筋が分かったせいで、宗五郎の応対が少し和《なご》んでいた。

「亮吉、もったいぶらずに話を進めろ」

「彦四郎、人間せいてはならねえ、とおれはおれに言い聞かせて堀江町の暗がりで待っているとよ、黒羽織たちが白木の棺桶を不浄船に積み込んだじゃねえか、そいつが四つ並んだとき、おりゃ、棺桶の一つに入り込んでさ、思案したね」

「独楽鼠、なにを思案したというんだ」

「だからさ、親分。人の一生は棺桶に入って定まるんだよな、となりゃ、おれの一生はもはや定まったも同然だ。大奥見物も悪くねえとね」

「おめえ、大奥に忍び込むつもりだったか。下手すりゃ金座裏の厄介者の亮吉で終わりだったぜ」

　と彦四郎が呟いた。

「凡人はこれだ、おろかな彦四郎め」

「愚かだって」

「おお、おまえは十分愚かだ。おれはさ、一生が見えたのならこれからは余生、ならば他人様《ひとさま》のためによいことをして一日一日を大事に過ごそうと考えたんだよ。おれの棺桶の上に棺桶が積み上げられていって、不浄船が動き出すまでにだいぶ間があったぜ。ところがよ、不浄船が動き出したらよ、おれは怖くなってさ、このまま三途《さんず》の川を渡らされるんじゃないかと思ったぜ」

「渡っていたらさ、この界隈がどれだけすっきりするか」

「彦四郎、だまれ。おれの懊悩《おうのう》が凡人のおまえに分かるものか」

「ふん、話が長いぜ。そろそろけりをつけねえ」

「おうさ、長い船旅はさ、若親分の『甲賀のお市、もはや大奥に女忍びのそなたが戻るべき場所などない』って啖呵が聞こえたときさ、ほっと安堵《あんど》したのなんのって。で、棺桶から抜けようとしたんだが、上に積まれているせいで蓋が開かなくてよ、結局気付いたら棺桶船に乗って水の中だったたってわけだ」

と亮吉の話が終わった。

しばらく座に沈黙があった後、宗五郎が、

「あとは平岩様のお手並みを拝見するばかり、わっしらは一件落着でございましょうな」

と感想を述べた。

四

今泉修太郎と政次の二人は一石橋に差し掛かろうとしていた。

船宿綱定で大五郎親方と女将のおふじの心づくしの酒を呑み、宗五郎らは綱定をいい気分であとにした。

　彦四郎が、

「今泉様、舟で八丁堀まで送ろうか」

　と申し出たが修太郎は、

「気持ちだけ頂戴しよう。いや、気分よく酔ったでな、そぞろ歩いていきたいのだ」

と断った。そこで宗五郎らはまず龍閑橋から金座裏に向かい、

「それがしはここで」

　と修太郎が別れようとしたが、政次が、

「親分、私も酔いを醒《さ》ましとうございます」

と修太郎を送っていくことを申し出たのだ。

　政次に格別なにか不安があってのことではない。大奥の御用で神経を使った修太郎を八丁堀まで見送るのも金座裏の務めの一つと思ったのだ。修太郎も政次の気持ちを素直にうけた。

「若親分、来年は金座裏も賑やかになるな」

「私どもに子供が生まれる話にございますね」

「宗五郎親分の爺《じい》様ぶりが今から目に見えるようだ」

「おっ養母さんと孫の取り合いですかね、気をつけないと甘え切った子に育ちそうで

ございますよ」

「まあ、世の中の酸《す》いも甘いも心得た親分とおみつさんだ、ただの爺様婆様にはなるまい。可愛《かわい》い孫とはいえ、締めるところはしっかりと手綱《たづな》を締めよう。とはいえ、どこも孫には弱いでな」

と修太郎が笑った。

「親分とおっ養母さん、どちらに転びますかね」

政次は応じながら金座裏にやや子がいる光景を想像した。だが、どう努めてもしっかりとした家族像が浮かばなかった。その代わり、眼の端に過《よぎ》った影を認めていた。

「今泉様」

と政次が修太郎の前に出て、足を止めた。

政次が一石橋の南詰、迷子しるべからゆっくりと姿を見せた黒羽織を確かめた。一石橋は、

「八橋」

とも呼ばれた。

この橋上から呉服橋、鍛冶《かじ》橋、銭瓶《ぜにがめ》橋、常盤《ときわ》橋、日本橋、江戸橋、道三《どうさん》橋の七つに一石橋を加えて八橋が望めるためだ。

一石橋から日本橋界隈は江戸でも人出が多い一帯だ、迷子も多く出た。そこでこの界隈の迷い子の世話を負っていた西河岸の家主たちが金を出し合って石の迷子しるべを建てた。

正面には、

「まよい子のしるべ」

と刻まれ、右側には

「しらする方」、

左側には、

「たつぬる方」

と朱文字が石標に刻まれ、その下に迷い子の名や特徴を記した紙を貼《は》るようになっていた。

その迷子しるべの背後から出てきた影に向かって、

「御鈴廊下目付加納傳兵衛様にございますな」

と政次が念を押した。

修太郎が小さく驚きの声を政次の背で上げた。

「いかにも加納じゃあ」

「大奥の始末人はもはや廃業ではございませんか。仲間の甲賀のお市は召し捕られ、身柄は御目付の下にございますよ」

「承知しておる。そなたが捕らえたそうだな」

「さすがに中奥から大奥を窺う加納様でございますな、なんでもご存じだ。それに勘も鋭ければ逃げ足も早《はよ》うございますな」

「逃げるだけならばすでに江戸を離れていよう」

「定火消役内藤様から最後の金子《きんす》を強請《ゆす》りとって草鞋《わらじ》銭にするおつもりで」

「草鞋銭なら呉服屋から絞りとった」

「ほう、丹後屋佐兵衛様方をすでに訪ねられましたか」

「いい顔をしなんだでな、番頭一人を叩き斬り、それなりの金子を頂戴してきた」

「丹後屋が大奥相手に強引な手口で商いを広げたことは、松坂屋時代からとくと承知でございます。ゆえにいささかも同情はしませんがな、町屋での乱暴狼藉《ろうぜき》とあらば、北町奉行所吟味方与力今泉修太郎様もお見逃しにはなりますまい」

「若親分、いかにもさようだ。こやつを逃すでないぞ」

修太郎も緊張の声で鼓舞《こぶ》した。

「さあて、今泉様のお許しも出た。加納派無双流をとくと拝見いたしましょうかな」

政次は羽織の裾を払って、銀のなえしを抜いた。

新右衛門町の小間物屋の山科屋《やましなや》の先祖が江戸に下るとき、護身用に刀鍛冶に鍛えさせた一尺七寸余（約五十二センチ）の八角のなえしだ。山科屋に関わる騒ぎを政次が解決した礼に頂戴したものだ。

柄には鹿のなめし革が巻かれ、柄頭の丸環に平織りの紐が結ばれていた。

政次は紐の端を手首に巻いて片手でなえしを正眼においた。

加納傳兵衛も黒塗りの鞘《さや》から二尺三寸（約七十センチ）前後と思える剣を抜いて、上段に構えた。

両者の間合は五間と十分にあった。

「今泉様、橋の袂にお下がり下さいまし」

と政次が願い、修太郎が素直に従った気配があった。

もはや大師走の日を迎えていた。

月はない。だが、一石橋の両側から常夜灯の灯りがこぼれて二人の戦いを助けていた。

政次が間合を詰めた。

加納傳兵衛も上段の剣を背に負うようにして踏み込んできた。

間合が一間と縮まった。

そこで両者がいったん動きを止めた。

政次は吸う息、吐く息と規則正しく間をとって呼吸を整えた。綱定でわずかに飲んだ酒の酔いはすでに醒めていた。

冴《さ》え冴《ざ》えと頭がして、政次は相手の動きを読むことだけに集中した。

「政次とやら、子が生まれるそうだが、残念ながらそなたがわが子の顔を見ることは叶わぬ」

加納傳兵衛が政次の気持ちを乱すように言った。

「生き死には天の定めにございますよ。金座裏の金流しの家系ではその覚悟は当たり前のことにございましてな」

「よううた」

と吐き捨てた加納傳兵衛が低い姿勢で一気に踏み込んでくると、長身の政次の脳天に負うた刀を鋭くも振り下ろした。

政次は刃から逃げなかった。

片手に保持した銀のなえしで加納傳兵衛の踏み込みざまの斬り下ろしを弾《はじ》いた。それでも刃が政次の羽織の袖を掠《かす》めて、加納の体が政次の右手を流れていった。

くるり
と両者が体を反転させた。

間合半間に縮まっていた。

一呼吸の間もおくことなく加納傳兵衛の連続した攻めが政次を襲った。首筋を執拗《しつよう》に攻め、政次は丹念になえしで弾き返した。

今泉修太郎は加納の刃と政次のなえしがぶつかり合うたびに火花が散るのを魅せられたように見入っていた。

加納は多彩な技を繰り出し、政次は跳ね返していた。

過日の神谷《かみや》道場とは攻守処を変えていた。

加納傳兵衛が攻め、政次が受けていた。

だんだんと首筋を攻める刃が政次の肌に触れるようになった。

「喰らえ」

加納傳兵衛の渾身《こんしん》の一撃が政次の肩口を襲った。

修太郎は思わず息を呑んだ。

その瞬間、政次の体が加納傳兵衛の攻めをなえしで受け止めると、しなやかにもくるりと体勢を変えてみせた。

互いに一石橋の欄干を背にして睨《にら》み合った。

加納傳兵衛が両手に持った剣の切っ先を、すいっと政次の喉元に合わせてきた。

加納派無双流が得意とする必殺の突きだ。

政次はすでにこの突きを神谷道場で経験していた。だが、その折、加納傳兵衛が必殺技の全貌を見せたとは思えなかった。

政次は片手のなえしを立てた。

両者は互いの眼を見合った。

ふうっ
と加納が息を吐き、
すうっ
と吸った。

次の瞬間、上体が傾き、一気に切っ先が政次の喉へと迫ってきた。

だが、政次は動かない。恐怖に耐えて待つ、待った。

必ずや加納傳兵衛が見せなかった手の内があるはずだ、と確信していた。

伸びてきた切っ先が動きの中で手元に引かれ、そこから、
ぐーん

と勢いをつけて二段伸びにのびてきた。

政次の手のなえしが翻り、加納傳兵衛の物打ちに合わせると横手にしたたかに弾いていた。

突きの刃に全身全霊を込めていた加納傳兵衛の体が流れて、崩れた。

政次が加納傳兵衛に体をぶつけ、欄干まで弾き飛ばした。

欄干に背を打ち付けた加納傳兵衛が体勢を整え直そうと必死の形相《ぎょうそう》で政次に向き直り、流れた剣を引き付けた。

加納が見たものは間近に迫る政次の顔だった。

「あああっ」

声にならない悲鳴が漏れて、

「発止」

と銀のなえしに額をしたたかに打たれた加納傳兵衛の体がくねくねと揺れて、前のめりに、
どどっ
と橋板に崩れ落ちて意識を失った。

「ふうっ」

と大きな息を吐いたのは今泉修太郎だった。

政次が修太郎に会釈を送ると、なえしの柄頭から平織りの紐を解き、加納傳兵衛の体を縛り始めた。

政次は金座裏の内風呂に浸かり、

「ふうっ」

と一つ息を吐いた。

加納傳兵衛と対決して制した政次は今泉修太郎の発案で一石橋からすぐに北町奉行所に御鈴廊下目付加納傳兵衛を連れていくことにした。金座裏よりさらには南茅場町の大番屋より近かったからだ。

未明八つ（二時）の時分、奉行所の大扉も通用門も閉じられていた。

が、修太郎が通用戸を叩いて門番を呼び、開けられた通用口から修太郎に続いて政次が肩に加納を抱えて入ると門番が提灯《ちょうちん》を突き出して、

「これはまたどうしたことで」

と驚きの声を上げた。

「中奥の御鈴廊下目付どのよ。明朝にも御目付へ身柄を渡すがな。それまでうちでも

詮議《せんぎ》致す。こやつ、丹後屋佐兵衛方の番頭を殺しておるそうな。詮議所に連れていけ」

政次は肩から加納傳兵衛を下ろすと門番らに身柄を渡した。

「若親分、ものはついでと申す。明け方までそれがしの詮議に付き合え」

と政次に命ずると小者を呼んで金座裏に使いに出し、一石橋での加納傳兵衛の待ち伏せと政次との対決を知らせたのだ。

詮議所で息を吹き返した加納傳兵衛に北町奉行所の吟味方与力の火を吐くような厳しい詮議が始まった。最初無言を通した加納ももはや救われる道がないことを告げられ、観念した。

政次が金座裏に戻ったのは明け六つのことだ。だが、なんと朝湯が沸かされていた。奉行所の使いから事情を聞かされた宗五郎がおみつに命じて、湯を沸かさせたのだ。

政次が内湯にしては大きな檜《ひのき》の湯船に足を伸ばしたとき、脱衣場に人の気配がして宗五郎が洗い場に入ってきた。

「ご苦労だったな」

「年の内に片付いてようございました」

「そういうことだ」

宗五郎がかけ湯を使って体を濡らし、政次の傍らに入ってくると並んで肩まで湯に浸かった。しばらく無言でいた宗五郎が聞いた。

「加納傳兵衛の加納派無双流、どうであったな」

「厳しい攻めにございました」

「最後の一手は身を捨てた突きか」

宗五郎は神谷道場での最初の加納傳兵衛と政次の対決の模様を政次から聞き出し、昨夜寝床の中で何度も勝負の経緯をなぞったのだろう。

「はい」

「勝負を分けたのはなんだな」

「体格の差にございましょうか。加納傳兵衛は五尺六寸余（約一七〇センチ）、私とは六、七寸違いましょう。それに手の長さが違いますゆえ、私のほうが懐《ふこ》が深うございます。加納傳兵衛の突きを避けられたのは、この内懐の深さでありました」

「いかにも体付きはだいぶ違う。だがな、相手の突きをぎりぎりまで待つ胆力がなければ体が大きい、手足が長いだけでは勝ちにつながるまい。政次、そうは思わぬか」

宗五郎の問いに政次から答えはなかった。

「政次、まず大きな体に生んでくれたおっ母さんと親父様に感謝することだ。次にそなたにこれほどの胆力を身に付けさせてくれなさった神谷丈右衛門《じょうえもん》先生の厳しい指導を忘れるでない」

「親分、いかにもさようにございます」

と答えた政次が、

「加納傳兵衛、勝負を始める前、私にそなたがわが子の顔を見ることは叶わぬと告げました」

「その言葉は余計だったようだな、めらめらと政次の闘志に火をつけたか」

「まあ、そんなところにございました」

宗五郎がいかにも面白そうに笑った。

「お初を殺したのは甲賀のお市か」

「いえ、加納傳兵衛が中奥の御錠口《ごじょうぐち》のこちらから吹き矢で大奥にいた元服小姓のお初を射たそうな。お市に吹き矢の技を教え込んだのは加納にございまして、この吹き矢も加納家に伝わる秘技でございますそうな」

「お初が殺された理由は定火消役内藤の娘お梗を中臈に出世させるためか」

「はい。丹後屋佐兵衛と組んで、なんとしても大奥に勢力を張り、上様の寵愛《ちょうあい》を一身に集めて、中奥をも支配したいという野心を募らせていたそうです。そのような企ての前に町人の出、駒根木家の養女として大奥に入ったお初が、美貌と賢さと人柄においてお梗の一歩も二歩も先にいっていた、これはだれの目にも明らかだった。大奥の始末人御鈴廊下目付の加納傳兵衛はそのへんに旨みがあると感じて、内藤家と丹後屋から依頼があるように仕向けたということのようです。ともあれこれ以上、詳しいお調べは御目付の平岩様に加納傳兵衛の身柄が移されてのことかと思います」

「さすがは今泉修太郎様だぜ。加納がおまえに打ちのめされた驚き、衝撃の間を外さずに詮議をなされた。これが一晩間を空けてみねえ、城中の闇に巣食ってきた輩だ、したたかに決まっている。加納傳兵衛が立ち直って白《しら》を切り通したかもしれねえや」

「今泉様は詮議の次第を書付にして身柄と一緒に平岩様の下に送るそうにございます」

「これでわが手をこの騒ぎは離れた」

と宗五郎が言った。

「親分、湯から上がったら星野の家を訪ねます」

「政次、ここんところろくに眠っていめえ。その役、この宗五郎が代わろう。おめえは朝餉を食したらしばらく眠りねえ。しほが子を生む前におまえに倒れられたんじゃ、金座裏は元も子もねえ」

と宗五郎が笑った。

「お願いできますか」

「ああ、こりゃ、隠居の務めだ」

と宗五郎が笑い、湯船から立ち上がった。

「親分、背中を洗いましょうか。一年の仕事の疲れと垢《あか》を流します」

「そうか、今日は大つごもりだったな」

宗五郎が洗い場に腰を下ろし、政次が背に回った。

脱衣場に人の気配がした。

「お義父《と》っつあん、政次さん、着替えをここにおいておきます」

としほの声がした。

「お義父っつあんか。なんだかほんとうの娘に呼ばれているようだぜ」

「お嫌でございますか、親分に戻しましょうか」

「ふっふっふ。なにもわざわざ呼び方を変えることはあるめえ。そのうち、お義父っつあんが爺ちゃんと変わろうぜ」

宗五郎の鍛え上げられた背中を糠袋《ぬかぶくろ》で丁寧に政次は擦りはじめ、

(これが家族の風景かな)

と考えていた。

第五話　両替詐欺

一

政次《せいじ》はかさこそという音に目を覚ました。

(なんの物音か)

障子に晩冬の陽射《ひざ》しが映っていた。穏やかな光だ。

(ああ、金座裏《きんざうら》のわが寝間で眠り込んでいたか)

と思い出した。

大晦日《おおみそか》の昼過ぎか、と事態を思い起こした。

再びかさこそかさこそと音がした。障子の向こうからだ。布団をめくると起き上がり、静かに障子を押し開いた。

光が差し込んできた。

畳の目まで浮き上がらせた、陽射しが傾いているせいだ。

物音は、と政次が見ていると紙袋がかさこそ音を立てながら廊下から寝間に入ってきた。袋から尻尾《しっぽ》が出て、虚空で自在に動いていた。自ら入り込んだか、亮吉《りょうきち》あたりがいたずらしたか、菊小僧《きくこぞう》が紙袋に頭から体を入れて動き回り、そのたびにかさこそと紙袋が音を立てていた。

「これ、菊小僧」

と政次が声をかけるとびくりと紙袋の動きが止まり、だれが声をかけたか分かったか、政次のほうに紙袋が動いてきた。

政次は紙袋を摘《つま》むと引っ張った。紙袋が抜けて、きょとんとした菊小僧が、

「みゃう」

と鳴いた。

大晦日の多忙な時期だ。金座裏のだれにも相手にされず独り遊びをしていたか、と政次は推測した。

今年もあと半日を残すだけだ。金座裏では手先たちは師走《しわす》の町に見回りに、女衆は年越し蕎麦《そば》や御節《おせち》の仕度にそれこそ猫の手も借りたいくらい忙しいのだ。

「菊小僧、放っておかれて遊び相手を探しておるのか」

政次が手招きすると膝《ひざ》の上に乗ってきた。菊小僧の様子から察するに宗五郎《そうごろう》は未《ま》だ

他出から戻ってきてないのだ。

「菊小僧、おまえが金座裏にきて幾年目の年越しだ」

と問うとも、ただみゃうみゃうと鳴いた。そこへ廊下に足音がして、

「起きていたの」

しほが姿を見せた。そして、膝に菊小僧を抱いて布団に座る政次を見て、

「まあ、珍しいことがあるものね」

と笑った。

「まるで親分のようだわ」

「このかっこうが板につくまで二十年かそこいらはかかろう。菊小僧、それまで元気でおれ」

政次の言葉にしほが忍び笑いをした。

「しほ、師走だが何事もなしか」

「今年は大奥の騒ぎで金座裏の御用はお仕舞いよ」

「そうであればいいがね」

「まだなにか気がかりがあるの」

「そうではないが大晦日はなにかと起こりやすい時期だからね」

と答えながら政次は思い出したことを口にした。

「お登季《とき》さん方、どうしておられる」

「すっかり金座裏の人間になったようよ。おっ義母《か》さんの勧めもあって三日正月もうちで過ごすんですって。菊小僧以外はだれもが働いているところに強いお味方よね。お仕着せの仕立てから布団の手直しまで大奥の呉服の間頭のお登季さんとお針子のお葉《よう》さんが大車輪で働いてくれるおかげで、うちでは今年残りそうだった手仕事が一気に片付くわ」

「師走にえらい拾い物をしたようだ」

「政次さん、それにお登季さんが大変なことを申されたわ」

「なんだね、しほ」

「私たちの子の産着《うぶぎ》からお宮参りの衣裳までお登季さんが仕立ててくれるそうよ」

「まるでお城の若様かお姫様だな。なんたってお登季さんは」

「大奥呉服の間頭なんでしょ」

「恐れ多いな。おっ養母さんはなんといっておられる」

「あら、それはいいわねの一言よ、貫録ね」

「私もしほもまだ金座裏の大名跡を継ぐには年季が足りないね」

「だけど、おっ義母さんたら、婆様の役をお登季さんに奪われて、ちょっぴり寂しそうよ。なんたって大奥三十年のお針子様には縫い物で太刀打《たちう》ちできないものね。大変な人を金座裏はお招きしたものよ」

としほが苦笑いした。そして、

「お登季さん方、身分の上下に厳しくて格式ばり、仕来《しきた》りでがんじがらめの大奥で女ばかりの暮らしをしてきたのでしょう。うちのような男と女が按配よく、しかも大勢いて賑《にぎ》やかなのは珍しいんだって。なんだかほっとするようよ。もし騒ぎがなければ、亮吉さんが夕暮れ時に豊島屋《としまや》に名物の田楽《でんがく》を食べに連れていくんですって」

「それはいい。ところでしほ、何刻ですね」

「さっき九つ（正午）の時鐘を聞いたところ、お腹空《す》いたでしょ。お昼は深川の漁師さん風に浅蜊《あさり》のむき身をあっさりと醬油《しょうゆ》と味醂《みりん》とお酒で煮たものをご飯の上にかけた丼よ。浅葱《あさつき》を散らしてあるわ、お葉さんが腕を振るったの」

この時節、江戸湾で浅蜊が採れるのか、綱定《つなさだ》の握りめしもそうだったな、と思い出していた。

「そいつは美味《おい》しそうな。大奥でそんな丼を食するのかね」

「お葉さんは深川の漁師のおかみさんから習ったんですって」

「なんだか、金座裏は針仕事から台所までお登季さん方に乗っ取られたな」

と笑った政次が菊小僧を膝から下ろして立ち上がった。

「着替えは用意しておいたわ」

と寝間の隅の乱れ箱を差した。

「着替えたら台所にいらっしゃいな、金座裏の男はただ今政次さん一人よ」

政次がその日、二度目の洗面を済ませ、台所にいくと登季、葉、おしんの三人組が膳を前にして、

「若親分、お先に頂戴していますよ」

とまるで自分ちにいるような様子で挨拶《あいさつ》をした。

「お三方にすっかり世話をかけているようですね、大助かりだそうですよ」

「若親分、年の瀬に女三人が転がりこんで、さぞ迷惑でしょうが、もう少し辛抱して下さいな」

「政次、迷惑どころか有難いたらありゃしないよ。今年の暮れほどすっきりとしてさ、お仕着せから夜具《やぐ》と片付いた年はないよ。お登季さんたち、早昼《はやひる》を食べたらまた夜具の手入れを二階で続けるそうだよ。わたしゃ、亮吉たちの汗の臭《にお》いが染みた二階なんぞ上がりたくもないけどね」

おみつが政次の膳を運んできて笑った。

「大奥に比べるのも愚かですよ、おっ養母さん。うちが男臭いのは致し方ございません、お登季さん方もさぞ鼻を摘んで針仕事にございましょう、苦労なことです」

「いえいえ、女臭い大奥よりなんぼかましですよ。なんたってこちらは気が淀《よど》んでいません。それだけでもほっとする」

「大奥の空気は淀んでおりますか」

「おかみさん、大奥の空気はぴんと張りつめているというんだか、どろんと淀んでいるんだか、重ぐるしいほど動きませんものね」

と登季が応《こた》え、葉が続けた。

「そうそう、針一本なくしたら大奥じゅうが座敷からなんから調べて回る、女衆全員総出でね。それで出てこなければ、庭の玉砂利を一つ一つ剝《はが》して何日も何日も同じ着物を着たまま部屋にも帰れず、針探しですよ。あのしんどい大奥奉公に比べたら、金座裏のお手先衆の座敷の夜具を手入れするくらい、なんでもございませんよ」

「お葉さん、あいつらのことです。布団の下から変な絵草紙《えぞうし》なんぞが出てきたんじゃないかえ」

おみつがそちらへと話題を転じた。

「おかみさん、大奥のそれに比べれば、こちらの男衆なんぞは可愛《かわい》いものです。女の色欲は、それはそれはすごいものですよ」

とお登季が笑った。

政次は女たちの話を聞きながら深川の漁師めしに箸《はし》をつけて、

「これは美味しい。亮吉たちもきっと喜びますよ」

と思わず言った。

「お葉さんから作り方を習ったからね、これから時に深川の漁師めしを作りますよ」

おみつが応じて、

「ともかくさ、お登季さん方がいてくれて今年の暮れは大助かり、なんたってしほがお腹《なか》にやや子を宿したばかり、こんなときは動き回るのはよくないからね」

「おっ義母さん、私、大奥のお姫様ではありません。動けますし、働けます」

「いえ、いけません。金座裏の十一代目が流産でもしたらえらいことです。しほさん、やや子が落ち着くまで力仕事はいけませんよ」

お登季が大奥勤め三十年の貫録でしほに忠言した。

「なんだかお姑《しゅうとめ》さんがもう一人増えたようだわ」

しほが思わず呟《つぶや》いた。すると登季が、

「おかみさん、女衆の手が足りないときは、いつでもうちに使いを立てて下さいな。すぐにこちらに駆け付けますからね」

と言い足した。

「お登季さん、これを機会にさ、うちと親戚付き合いをしませんか。お登季さんもお葉さんも実家は江戸ではないそうな。ならば金座裏を実家と思って時に姿を見せて、うちの女衆に針を教えて下さいな」

「おかみさん、真《まこと》ですか。天下の金座裏と親戚付き合いだなんて、女所帯に心強いよ」

というところに玄関先が賑やかになった。

見回りに出ていた八百亀《やおかめ》らが昼餉《ひるげ》に戻ってきた様子だった。

「ご馳走《ちそう》様でした、お葉さん、美味しゅうございましたよ」

と丁寧に礼を述べて政次が玄関に出ていき、

「ささ、うちの腹っぺらしが戻ってきましたよ。また台所が戦場だ」

とのおみつの声に見回りから戻ってきた手先の膳が運ばれてきた。

「ささ、お葉さん、私どももう一っ働きですよ」

登季が葉とおしんに声をかけ、膳を片付けて夜具の手入れを始めるために二階に上がっていった。

政次が玄関に出ると常丸《つねまる》を長にした若手組の手先たちが土間に置かれた火鉢の火に手を翳《かざ》していた。

「陽射しが出ているようですが寒いかい」

「若親分、風が変わってさ、北に回ったんだ。寒いのが日本橋川に吹き込んできやがった。急にぐうっと冷え込んだぜ」

「縄張り内に異変はございませんね」

と政次が常丸を見た。

「日中だ、大きな騒ぎはないがさ、両替詐欺が横行していますぜ、若親分」

「両替詐欺ですと、どのような手口です」

「それが十八ばかりのお嬢さん風の娘と、いかにも手代といった二人組でさ、通町《とおりちょう》の大店《おおだな》の前に駕籠《かご》を止めて駕籠賃を支払おうとするんだが、手代が、お嬢様、生憎《あいにく》小銭の持ち合わせがございません、どう致しましょうと駕籠屋と揉《も》めてさ、娘がご迷惑でしょうが、このお店で両替をして頂きなさいと騒ぎを見守っていたお店に入り込み、帳場格子に座る番頭に両替を願うんですって。なにしろ駕籠を待たせてのことで、つい店も油断して、この師走にお困りだろうと親切にも一両の両替をしてやる。ところが」

「両替した一両が偽小判ですか」

「いえ、本物です」

「ならば問題はない」

「ところがその者たちが立ち去ったあとに小判をしまおうとすると忽然《こつぜん》と消えているそうな。まるで手妻《てづま》のようだと、被害に遭った店では言ってますよ」

「手妻ですか」

「へえ、また別のところでは、客が両替をしてやりましょうと親切にも申し出たところがあった。西河岸《にしがし》の砥石《といし》屋伊佐石《いさいし》の店頭ですよ。大工の親方がなんとか細かい銭を出して、両替を終え、駕籠から下りた娘がなんども親方に頭を下げた。親方としては、師走にいいことをした気分だったのでしょうよ。上機嫌で砥石選びに戻り、予て念願《かね》の名倉砥《なぐらど》を一つ買うことにした。職人の道具の手入れの砥石はいいものになると高うございますからね。そこで財布から用意してきた金を出そうとすると五両の所持金《たこ》がいつの間にか抜き取られていたそうな、そんな騒ぎがわっしらが知るかぎり、三件ほどございます」

「人の親切を踏みにじる所業ですね。娘は親方や番頭を油断させるほど愛らしいのですね」

「若親分、そうなんだよ。親方がいうには、まるで観音様のように愛らしくて、無垢《むく》な様子だそうです。手代もまたちゃんとしたお店の奉公人風で崩れたところはどこにもないそうだぜ。おれも娘に会ってみてえや」

と亮吉が思わず漏らして、常丸と政次に睨《にら》まれた。

「常丸、三件で両替詐欺にあった金子《きんす》はいくらですね」

「砥石を買おうとした大工の棟梁《とうりょう》がさ、すられた額がいちばん大きいや。他は渡されたはずの一両がどこにもない。そんなわけでわっしらが摑《つか》んでいるのは七両ほどだ」

「許せませんね。こういう輩《やから》は正月の初売りなんぞに出没しますよ。なんとか今日じゅうにけりをつけたいもので」

と政次が思案した。

「だからさ、おれたち昼餉を食したらすぐにも西河岸界隈《かいわい》に戻るつもりだ」

「亮吉、常丸、急いで昼餉を食しておくれ。私もいこう」

合点だ、とどやどやと亮吉たちが台所の板の間に消えて、政次はしほを呼んだ。

西河岸町は、日本橋から一石橋《いちこく》にかけて日本橋川の南側に並行する細長い片側町だ。

通りを挟んで北側は河岸地で土蔵が並んでいた。

西河岸には榑木屋《くれき》が多いことから、

「榑木河岸」

とも称された。

この西河岸町の日本橋の南詰に砥石屋が並び、ために砥石河岸と呼ばれる一帯があった。

砥石屋伊佐石は砥石河岸の中でも老舗《しにせ》で大きかった。それだけに上得意を抱えて、手堅い商《あきな》いをしていた。

その店頭に、

「ご免なさいよ」

と政次としほが入っていった。

「おや、金座裏の若親分、大晦日にしほさんを連れて砥石屋にお訪ねとはまたなんですね」

「両替を願った詐欺があったそうですね」

「最前、亮吉さんらが聞き込みしていった一件ですか。私はね、親方の思い違いじゃないかと最初は親方を疑《うたぐ》りましたよ。そしたらなんと、娘と手代の二人組、あちらこちらで両替詐欺を働いているそうですな。南大工町の親方を一時にしろ疑って悪いことをしました」

「五両を抜かれたのは南大工町の親方ですか」

「大工の達源《たつげん》の親方ですよ、うちとは先代以来の付き合いで源五郎《げんごろう》親方は滅法人がいい職人です、その親方をあんな愛らしい娘が騙すかね」

「番頭さんは娘と手代の顔を覚えていますか」

「娘はしっかりと覚えていますよ、まるで観音菩薩《ぼさつ》様のようなお顔だもの、品があって愛らしいというやつだ。だけど、手代はすうっとしていた印象はあるんだが、顔まては覚えていませんな。却《かえ》って師走に仕事を焦る駕籠屋の顔のほうが記憶にありますよ。どこから乗ってきたか知らないが、一両なんて駕籠屋に通じるものですか。駕籠屋の気持ちも分からないじゃないが、なにもあんな風に激しく急《せ》かせることもない。親方はつい娘とおろおろする手代に同情して、親切心を出して砥石の代金を抜かれたんですよ」

「番頭さん、駕籠屋も一味と思いませんか」

「えっ」

と驚きの声を上げた番頭が、

「そうか、あの駕籠屋も娘の仲間か」

と感心したように呟いた。

「いえ、話を聞いてそう思い付いただけです。番頭さん、ここからはうちのしほの出番だ。娘の人相からしほに話してくれませんか。そしたら、うちの絵師が人相描きを作りますからね」

「そうだ、しほさんはただ今豊島屋さんで『箱根・熱海湯治百景』って展示を催《もよお》しているんですってね。うちの客が松坂屋《まつざかや》の隠居の姿かたちから動き、顔の皺《しわ》までそっくりだと感心しておりましたよ」

としほを見て、

「しほさん、こちらにお座りなさい」

と上がり框《がまち》に座布団を敷いた。

二

砥石河岸の伊佐石の店先に店開きした女絵師しほは、伊佐石の番頭らの意見を加えて、両替を装いながら、詐欺を働いたり、財布の中身を抜いたりする二人組の男女と駕籠屋の人相を描き上げた。そこへ昼餉を食した常丸らが駆け付けて、一枚目を持っ

て娘に財布から五両を抜かれた南大工町の源五郎親方の家に走り、しほが描いた娘の顔を見た達源の親方は、

「こ、こいつだ。この娘がおれの財布から五両を抜き取ったんだよ」

と大声を上げた。すると奥からおかみさんが姿を見せて、

「なんだって、吉原の女郎の似顔絵をだれがうちに持ち込んだって。この暮れに五両も女郎に使った男の家に女郎の似顔絵を持ち込んだのはどこのどいつだ。傷に砂を塗り込むような不人情をだれがやるんだ」

と怒鳴りながら出てきた。

親方が取られた五両をおかみさんは吉原の遊女に使った結果と勘違いしているらしい。常丸と亮吉の顔を見て、

「おや、金座裏の手先さんだね、なんだい、うちにこれ以上揉め事の種を持ち込まないでほしいね」

と言った。

おかみさんは頭痛でもするのか、鬢《びん》に梅干しが貼《は》ってあった。

「おかみさん、親方は親切を仇《あだ》で返された気の毒な人なんだよ」

「そりゃそうだろうよ。吉原で五両も散財してきたんだからね」

「それが違うんだよ。親方は砥石河岸で砥石を買おうとしていた折に両替を願った娘に両替をしてやっている最中に財布から五両を抜き取られた被害者なんだよ」

「なんだって、この人がいうことはほんとうだっていうのかえ」

おかみさんの怒り狂っていた顔の表情が急に和《やわ》らいだ。その傍らで親方はしほの描いた娘の顔を見て、

「ふーん、よく似ているがな、どこか感じが違うんだよな」

と呟いていた。

「親方、どこが違うかを教えてほしいんだ。そしたらうちの女絵師が描き直すからよ」

「女絵師たあだれだ」

「若親分のお嫁さんのしほさんだよ」

「おお、鎌倉河岸の豊島屋の看板娘だったしほさんかえ」

「今じゃあ、金座裏の十代目のお嫁さんだ。だがな、親方、しほさんの腕前は北町奉行の小田切《おだぎり》様から御用に役に立ったってお褒めを頂いたほどだ。嘘だと思うのなら、豊島屋に行ってみな。ただ今『箱根・熱海湯治百景』ってよ、先ごろ親分一行が湯治に行った風景がよ、色つきで描かれて見物の衆を感嘆させているぜ」

と亮吉が一気に喋《しゃべ》った。

「どこが違うってな、喉《のど》の奥にあるにはあるんだが、言葉が出てこないんだよ」

「おまえさん、しっかりしないかえ。暮れにきて五両だよ、ひょっとしたら金座裏がひっ捕まえてくれるかもしれないところだ。頭の隅からどこが違うか吐き出しな」

ふうっ
と大きな息を吐いた親方が、

「だめだ。おまえが傍《はた》からやいのやいの言うといよいよ言葉が奥に引っ込んでいかあ」

「親方、おれたちにしばらく付き合ってくれねえか」

と常丸が言い出した。

「えっ、大工のおれが探索の真似事《まねごと》か」

「違うよ。しほさんが伊佐石の店先で番頭さん方の印象を頼りに人相描きを描き直しているところだ。親方がどうも違うというところをしほさんに話すんだ。そしたらよ、うちの女絵師が立ちどころに描き直すって寸法だ」

「こいつが脇からがみがみ怒鳴る声にあきあきした。伊佐石にいって若親分のお嫁さんにどこが違うっておれの口からいう」

と親方が立ち上がり、常丸と亮吉が従った。するとおかみさんの声が三人を追ってきた。

「五両を取り戻したからって、岡場所なんぞ立ち寄るんじゃないよ。ちゃんと伊佐石で砥石を買うんだよ」

しほの前で親方がうんうんと唸《うな》っていたが、しほが、

「私が描いた娘の顔かたちが違うの」

と優しく問うた。

「しほさんよ、そうじゃねえ。顔かたちは似ているんだが、娘が時折見せるこすっからいような表情が足りないなと思ったんだ。それに額に何本か髪が乱れていたな」

「こうかしら」

しほがさらさらと描いてみせた。

「おお、この面《つら》だ、この表情を一瞬見せるんだよ。この娘はな、天女様の顔とずる賢《がしこ》い面の二つを持っているんだよ。それにしても金座裏の嫁様は大した芸の持ち主だよ」

と満足げに笑った親方が、

「政次若親分、いい嫁もらいなさったね」

と傍らにいた政次に話しかけた。

「親方、全く私には勿体《もったい》ない嫁にございます」

「ぬけぬけと答えられると二の句が継げねえ。それがさ、三十年も経つとさ、おれんちのかかあのように亭主の言葉をてんから信じないでさ、おまえさん、砥石を買うと私を騙して吉原に行ったたね、頭ごなしだ。おりゃ、生きているのが嫌になるぜ」

とぼやいた。

「親方のおかげで両替詐欺の一味の顔がはっきりしましたよ。それにしても娘の特徴をとくと記憶していてくれました」

「年のうちに捕まるかね。といっても除夜の鐘まで四刻半（九時間）か、いくら金座裏たって無理だな」

と力なく親方が呟いた。

「親方、なんとも約束はできません。だが、この界隈に両替詐欺の一味がいるんなら、必ずやお縄にします」

「若親分、あやつら、ひと稼ぎしたってんで、江戸を離れてよ、六郷の渡し場のむこうの蕎麦屋でさ、一杯飲んでいるぜ。ああ、五両は失った、名倉砥は手に入らねえ、年の瀬にきて最悪な目に遭ったぜ」

「親方、選んだ砥石を持っておいきよ。お代は親方の都合がついたときに少しずつ入れてくれればいいよ」

と伊佐石の番頭が親方を慰めるように言った。

「えっ、番頭さん、銭も払わないで砥石を持っていっていいのかい」

「うちに代々出入りの親方ですよ。親方はうちの店で詐欺に遭ったんです、旦那に相談したら南大工町の親方に気の毒をした。ともかく砥石を届けなさいって最前言われたところです」

「そうか、伊佐石の旦那がね、長年出入りはするもんだね。よし、気持ちを改めてさ、新しい砥石で研いだ道具で精いっぱい頑張ってさ、砥石の銭を一日も早く支払うぜ」

と番頭から渡された名倉砥石を親方は愛《いと》おしいように胸に押しつけた。

そんな間にもしほの筆は止まらなかった。次々に娘と手代らの全身と顔を描いて、それを持った常丸たちが大晦日の町へと飛び出していった。

親方が伊佐石の番頭と政次に何度も礼を言って、

「若親分、頼りにしているぜ。あの五両、最初からなかったと思えばいいことだ。格別家の釜の蓋があかないわけじゃない。番頭さん、春永までにはなんとかけりをつけるからな」

と律義に親方が繰り返した。

「親方、気を落とさないでね、こんな時によいお年をもないものだが初詣《はつもうで》にでもいって気分をお変え」

番頭に送り出された親方がいつにもまして賑わう日本橋南詰めの高札場前へと姿を消した。

日本橋の人混みで溢《あふ》れる高札場に亮吉の手でしほが描いた人相描きが張り出されて、

「なに、この可愛い顔の娘が両替詐欺ですか、恐ろしい世の中になったもんですね」

「ご隠居、人はみかけによらないよ。意外と隠居のような好々爺面《こうこうや》がさ、悪いことをするもんだ」

とうっかり者の職人風の兄いが応じて、

「なんですって、見ず知らずのおまえさんに言われたくないね。私ゃ、こう見えても西河岸町の善人、その名も正蔵《しょうぞう》ですよ。他人から後ろ指をさされることはこれっぽっちもしていませんよ。おまえさんこそ、職人を装って普請場に入り込み、他人様《ひとさま》の道具箱を持ち出したところじゃないかい」

と手痛いしっぺ返しを食った。

「爺《じじい》、いいやがった。おりゃ、正直左官の六助《ろくすけ》だぞ。年寄りだと思って言っていいことと悪いことがあらあ」

二人が高札場の前で睨《にら》み合った。

「金物屋の隠居さんもそちらの兄いも両替詐欺のことで角《つの》突き合わせることもあるまい。それよりさ、ご一統様、この娘と手代風の二人組か、もしかしたら駕籠屋もつるんでの詐欺かもしれねえ。見かけたらさ、金座裏の亮吉に知らせてくんな。この独楽《こま》鼠の亮吉が二人だろうと四人組だろうと踏ん縛るからよ」

「ふーん、口先ばかりの亮吉が高札場で威張っているぜ」

と人混みの後ろから声が聞こえた。

兄弟駕籠屋の繁三《しげぞう》と梅吉《うめきち》だ。

「こら、繁三、口先ばかりと天下の往来でぬかしたな。てめえらじゃねえか、娘と手代につるんで両替詐欺を働く駕籠屋ってのはよ」

「どぶ鼠、この繁三を悪人扱いにしやがったな、息杖《いきづえ》で殴ってやろうか」

繁三が駕籠屋の大事な道具を振り上げた。

「よさないか、亮吉、繁三さん」

いきなり姿を見せた八百亀《やおかめ》が二人を叱《しか》り付けた。

その瞬間、
おおおっ
という咆哮《ほうこう》が響き渡った。

その場の全員が振り返ると兄弟駕籠屋の後棒の梅吉が顔を歪《ゆが》め、両眼から大粒の涙をぼろぼろ零《こぼ》して慟哭《どうこく》していた。

「あ、兄き、ど、どうした」

弟の繁三が啞然茫然《あぜんぼうぜん》として問い、

「弟がよ、往来で分からねえことをぬかすから、兄きが怒っているんだよ」

「どぶ鼠、馬鹿ぬかせ。兄い、腹が痛いのか、えっ、医者にいこうか」

とおろおろする繁三を横目に、

「亮吉、若親分はどこにいなさる」

と八百亀が怒鳴って聞いた。

「まだ伊佐石にいるはずだぜ」

「よし、繁三さん、梅吉さんを伊佐石に連れていくんだ」

老練な手先が梅吉の様子に異変を感じて、お喋り駕籠屋を急かせて空駕籠を担がせ、伊佐石に連れ込んだ。

高札場から伊佐石までわずかな道のりだが、最前より人混みが増えて、女衆は正月の買い出しの品を両手に提げていた。

途中から先導に立った亮吉が、

「ち、ちょっとどいてくださいよ。病人駕籠屋のお通りだ。泣き病が移るといけねえからね、ささ、道をあけてくださいな」

と大声で叫んだおかげで伊佐石の店の前に駕籠をなんとか横づけできた。すると伊佐石の番頭が飛び出してきて、

「駕籠屋を捕まえましたか、お手柄です、亮吉さん」

と問うたが、わあわあ、大声をあげて泣く梅吉の顔を見て、

「亮吉さん、八百亀、駕籠屋違いですよ。兄弟駕籠屋と最前店に乗り付けた駕籠屋とは違いますよ」

と叫んだ。

「番頭さん、分かってるって。両替詐欺とは別口だ。すまねえが梅吉さんに茶の一杯も恵んでくれませんか」

金座裏の八百亀が言った。

「なに、別口ですと。暮れに来て、駕籠屋がからんだ騒ぎが続きますな」

と応じた番頭が、

「だれか梅吉さんに茶を出しておくれ。いや、こりゃ、酒がいいかね。なんでもいいから泣き止《や》ませるんですよ。商売の邪魔ですよ」

と店の奥に怒鳴り、

「ささっ、梅吉さん、こちらにこちらに」

と店の奥に梅吉を連れていった。

「どうしたんです、八百亀」

「若親分、おれも事情は分からねえ。若親分を探して高札場に差し掛かったら、人混みの中から獣の吠え声が聞こえてきたんですよ」

しほが梅吉の手をとって伊佐石の店の上がり框に座らせ、首にかけていた手拭《てぬぐ》いをとるとぼろぼろと流れる涙を拭って、

「なんだか分からないけど、気持ちが済むまでお泣きなさいな」

と言った。すると梅吉ががくがく頷《うなず》いて、一段と声を張り上げた。

砥石屋の店だ。大晦日だといって大勢の客が押し掛ける商売ではない。

梅吉の世話をしほに任せて政次、八百亀、亮吉、繁三、そして伊佐石の番頭の五人が店の隅で額を集めた。

「繁三、梅吉になにがあった」

　と亮吉が口火を切った。

「おれが知るか。だってよ、高札場の前でおめえと掛け合っている内に兄きが火のついたように泣き出したんだ。初めてのことだ、なにが起こったかさっぱりわからねえよ」

　と繁三が答えた。

　政次らが顔を見合った。

「八百亀の兄さんはなんの用だ」

「若親分、親分が戻ってきなさったんでな、おれも両替詐欺の探索に加わろうと金座裏を出て、橋を渡ったところでこの騒ぎだ。なんとも見当がつかねえ」

　政次が思案した。

「若親分、なんぞひっかかるか」

「亮吉、梅吉さんは張り出されたしほの人相描きを見たんだな」

「若親分、見たと思うけど、なんたって繁三と掛け合いの最中だ」

　政次が繁三に視線を移した。

「どぶ鼠と一緒だ。だけどよ、兄きが泣き出す前に、ああ、おうなって叫んだ言葉を聞いたような聞かないような」

「それだ」

と政次が言いかけたとき、いったんしほに慰められて泣き声が小さくなっていた梅吉の声が再び獣の咆哮に戻った。

「な、なんだ」

亮吉が二人のほうを振り向くと梅吉が手にしほが描いた人相描きを摑んで、身をよじらせて泣き叫んでいた。

「どうやら娘を梅吉さんは承知のようだね」

「若親分、そんなことはねえよ。うちは兄弟で長屋も一緒なら仕事も同じだ、秘密なんてあるかえ」

「近頃、梅吉さんがお洒落《しゃれ》になったという話を亮吉から聞いたと思いましたがね。好きな娘ができたのではありませんか」

「ああっ、まさか両替詐欺の娘が兄きが惚《ほ》れて貢《みつ》ぐ女か、そんな」

と繁三が兄を見た。

梅吉は相変わらず手にしほの描いた人相描きを握りしめて泣いていた。

「どえらいことが」

と呟く弟らを残して政次が梅吉としほのところにつかつかと歩み寄り、羽織の裾《すそ》を持ち上げると、抜く手も見せずに銀のなえしを抜き上げ、泣き叫ぶ梅吉の額に、

びしり

と叩きつけた。だが、なえしは梅吉の額に紙一枚で止まり、梅吉が、

ひえっ

と悲鳴ともしゃっくりともつかぬ一声を発して泣き止んだ。

その表情は憑《つ》き物が落ちたようで放心状態だ。

「梅吉さん、その娘の名はなんというんですね」

「おうね」

こんどは繁三が悲鳴を上げた。

「その娘は梅吉さんと所帯を持つといったんですね」

「ああ、来春にうちの長屋に引っ越してくるんだよ、若親分」

「これまでいくらおうねに渡しました」

「六両二分と三朱。だけど嫁にくるんだよ、どっちが持っていてもいい金だ、そうじゃないか、若親分」

「梅吉さん、この娘、梅吉さんを騙したんです」

「そんなことあるものか」

「兄い、悪い夢を見ちまったな。娘は悪党だ、おめえみたいな善人を何人も騙して金を貢がせ、両替詐欺で人を欺《あざむ》く悪性の女だよ」

と弟の繁三が実兄に宣告した。

「繁三、そんなことはねえよ。おうねはおれと約束したんだよ。ちゃんと春になったら嫁にくるって」

「騙されたんだよ。なぜ弟のおれに会わせなかった」

「おうねが弟さんと会うときは祝言の席でといったんだよ、おまえを驚かしたいといったんだよ」

「甘い言葉が詐欺師の手口なんだよ、兄き」

弟の言葉に無口な兄が言葉を失い、しばらく沈黙していたが、

「繁三、おうねはうちには来ないのか」

「来ねえよ、そいつの嫁入り先は小伝馬町《こでんま》の牢屋敷だ」

「なんてこった」

「おめえには弟のおれがついているよ」

繁三の言葉を聞いた梅吉の瞼《まぶた》から再び涙が零《こぼ》れ始めた。だが、獣の咆哮のような泣

き声ではなく咽《むせ》び声に変わっていた。

「梅吉さん、若親分におうねのことを洗いざらい話すんだ。騙された男たちの無念を金座裏が晴らしてやるぜ」

と八百亀の諭《さと》すような声が梅吉の咽び泣きに重なった。

三

兼房《けんぼう》町は徳川家康の関東入りのあとに開かれた片側町で、この界隈の老人は、久保町とも呼んでいた。

おうねが住む家作《かさく》は質商下総屋《しもうさや》の持ち物であった。

表通りから木戸口を見た梅吉があの長屋だよ、とひょろりとした松が木戸奥に生える長屋を差した。緑が多く茂ったなかなかの造作だった。

路地の入口に駄菓子屋が店開きして、二人ほど子供が駄菓子を選んでいた。梅吉がおうねが長屋に住んでいるかどうか尋ねた駄菓子屋だ。

「梅吉さん、おまえがおうねのことを確かめたのはこの婆さんだな」

と亮吉が念を押す。

「おうさ、婆さん、おれのことを覚えているか」

梅吉の間抜けた問いにしばらく相手を見ていた婆さんが、

「ああ、おまえさんのことは覚えているとも。愛らしいおうねちゃんのことを尋ねた人だよな」

「それそれ、それがおれだ」

「おうねちゃんのおっ母さんが案じていたよ。変な人がおうねに纏《まと》わりつくって。おまえ奉行所に手配なんぞされてねえな」

「冗談じゃないぜ。おりゃ、しっかり者の駕籠屋だよ。おうねは長屋にいるかい」

「いると思うよ、最前、この店に来ていたもの」

「なにっ、おうねがこの店に今日顔出したって。ならば亮吉、両替詐欺は人違いだ。おりゃ、おかしいと思ったんだ」

と梅吉がほっと安堵の顔をした。

「婆さん、おうねが最前顔を出したというのは確かか」

「ああ、飴玉《あめだま》を買っていったよ」

「飴玉だって。いい年した娘が飴玉か」

「こら、いい年した娘が飴玉舐《な》めちゃいけないか。だいいちおうねちゃんは五つの可《か》愛《わい》い盛りだ。うちの商いを貶《けな》すおまえさん方はだれだ」

「な、なにっ」

梅吉が驚きの叫び声を上げた。

「婆さん、落ち着いてくれ。おれっちが探しているのはこのおうねだ」

亮吉が襟《えり》もとに突っ込んでいた人相描きを出して見せた。目を細めてしほの絵を見ていた婆さんが、

「こりゃ、だれだ」

「だれだって、裏の長屋に住むおうねだよ」

と梅吉が絶叫した。

「は、はあん、様子がおかしいと思ったら、おまえさんもこの女狐《めぎつね》に騙されたロか。おまえさんで三人目か四人目だね、金をむしり取られてこの路地で涙を零した男はさ」

「ま、待ってくれ。おればかりじゃねえって。一体全体だれだい、おれのおうねは」

「さあてね、ともかくさ、裏長屋に住むおうねちゃんは五つの娘だよ」

「そ、そんなばかな」

この日何度目か、梅吉が放心した体《てい》で駄菓子屋の店先に腰を落とした。

「お婆さん、私は金座裏の政次と申しまして北町奉行所の鑑札を授けられた御用聞き

にございます」

「ああ、あんたさんが売り出しの若親分か」

「お婆さん、おうねという十八くらいの娘は質屋の家作には住んでいないのでございますね」

「住んでいるのは五つのおうねちゃん、親父は紙問屋の通い番頭さんだ」

「こんな女は住んでないんだな」

と亮吉が念を押した。

「手先の分際で差し出がましいよ。ただ今は若親分がお尋ね中だ。ともかくだ、女狐はこの界隈には住んでいません」

「この人相描きの女は、この裏手の長屋を自分の住む長屋といって梅吉さん方を騙したってわけだ」

「そういうことかねえ」

「この女狐がどこに住んでいるか知らねえか、婆さん」

と亮吉が聞いた。

「おめえさんもしつこいね。それに金座裏の手先にしちゃ出来がよくないね。さっきから婆さん婆さんって気安く呼んで、わたしゃ、おまえの婆さんじゃないよ。こんな女がどこに住んでいるかって、知るわけはないよ。それにそっちの駕籠屋の兄さん、女狐に引っかかったのは不運だと思うがさ、嫁にするようなタマじゃないよ。悪性な女に騙されたと思って諦めな」

と駄菓子屋の婆さんが店先で怒鳴りあげ、政次らは剣幕を恐れて御堀端に出てきた。

「くそっ、梅吉の役立たず」

「なんだと、どぶ鼠。おめえも手先ならしっかりとおうねを探してお縄にしろ」

「女狐に騙されやがって」

梅吉と亮吉が摑み合わんばかりで怒鳴りあった。

「梅吉さんも亮吉もやめねえか」

常丸が一喝して二人がしゅんとして黙り込んだ。

梅吉の瞼にまた涙が浮かんできた。

「さあて、この女、長屋を駕籠抜けしてどこぞへ姿を暗《くら》ましましたよ。ですが、騙されてこの長屋に連れてこられたのは一人二人じゃなさそうだ。となると、この界隈からそう遠いところに塒《ねぐら》があるとは考えられない。手始めに芝口橋に戻り、しほの人相描きを頼りに聞き込みを始めますか」

と政次が手順を決めた。

梅吉を連れた政次らが兼房町から双葉町へと戻ってきたとき、

「若親分」

と叫ぶ声がした。

みれば金座裏の下っ引きの旦那の源太《げんた》の相棒、小僧の弥一《やいち》が髪結床《かみゆいどこ》から戻る途中か、さっぱりとした顔で政次らの前に駆け寄ってきた。

「この界隈に聞き込みか。ならばうちに寄るがいいじゃないか」

と弥一が政次に質《ただ》した。

旦那然とした恰幅《かっぷく》で下っ引きを務める源太の本業は、江州《ごう》伊吹山のふもと柏原本家亀屋左京のもぐさを売り歩くもぐさ屋だ。その品を担いで江戸の町々を歩き、情報を集めるのが役目で源太と弥一の裏の稼業だ。

だが、源太が年をとり、在所に引っ込むことを決めたために来春には弥一が金座裏で手先の見習いになることが決まっていた。

「源太さんはどうしているね」

「腰が痛いってんで、ここんところ揉み療治にかかってさ、町廻りはおれの仕事だ。だけど小僧じゃ、だれも信用してくれないよ」

と弥一がぼやき、

「梅吉さんが泣いているけど、弔いかなんかか」

　とぼろぼろと涙を零す梅吉を見た。

「弔いな。まあ、弔いみたいなもんだ」

　と亮吉が応じた。

「だれが亡くなった」

「亡くなりゃしねえが、姿が掻き消えた。この女がよ」

　亮吉が手にしていた人相描きを弥一に見せた。

「この女はなにをしたんだ」

「両替詐欺に、夫婦《めおと》になるって、人のいい梅吉たちを騙して金を巻き上げたのさ。踏ん捕まえて体に問えばあれこれとぼろが出てくる女だよ。新年もあと三刻半あまりか、ちょいと年の瀬内に捕まえるのは時間がねえや」

「亮吉さん、手先は粘りと根性だよ。そんなことでどうする」

　小僧の弥一に活を入れられた亮吉が、

「ちえっ、半人前の下っ引きが言いやがるぜ」

　と応じたものだ。

「亮吉さんよ、どこに目をつけているんだい」

「どこに目をつけているってこの鼻の上だ」

「節穴だね。おれたちの縄張り内に聞き込みにきて、おれたちの知恵を借りねえのか」

「手順でこうなったんだ、致し方ねえよ。それでおめえがこの女のところまで案内してくれるのか」

「いいよ」

「いいよってあっさり答えやがったな」

「口先だけの亮吉さんと違うよ。若親分、常丸兄さん、こっちにお出《い》でよ」

芝口橋に政次らを導いた弥一は、東海道を芝口町、源助町、露月《ろげつ》町、柴井町、宇田川町と師走の人混みを縫って南に進み、神明町に入ると右に曲がって芝神明《しばしんめい》社の境内に政次らを連れていった。

芝神明社の境内には新春の客を狙って宮芝居の小屋掛けが出来ていた。

弥一がその外れに政次らを連れていくと一軒のさびれた小屋があった。

「百地霞太夫《ももちかすみだゆう》一行が夏前から境内で芝居を打っていたがさ、座頭《ざがしら》が博奕《ばくち》かなにかで損をしたとか、売り上げをもってどろんをしたんだよ。それでにっちもさっちもいかなくなってさ、境内の隅っこに追いやられたのさ。今日をかぎりに小屋を明け渡す約束だ。ほれ、見てごらん、霞太夫の絵看板をさ」

と裏返されていた絵看板を表に戻した。するとそこに娘姿の「おうね」がいた。

「お、おうねだ」

と梅吉が叫んだ。

「百地霞太夫、この一座の看板だけど、境内から追い立てを食っているんだよ」

「おうねってのは霞太夫か」

「亮吉さん、十七、八に見えるがね、たしか二十五、六の大年増《おおどしま》太夫だぜ」

「おれ、おうねが二十五、六だっていい」

「梅吉さんよ、霞太夫は亭主持ちだよ」

「な、なんてこった」

また梅吉がその場にへたり込もうとするのを常丸が亮吉に合図して、寂れた小屋の前から拝殿横へと連れていった。

すでに神明社の拝殿は注連《しめ》飾りが真新しく架け替えられ、初詣客を迎える仕度を終えていた。

「どうやらおうねは霞太夫、手代に扮したのは亭主のようだね。年の瀬の江戸で荒稼ぎして上方《かみがた》あたりにふける算段のようだ。小屋の中にだれか残っているかどうか、探りたいものだ」

「若親分、この界隈のことならおれに任せなって。春には金座裏に世話になる弥一だ。住み込み前に手土産《てみやげ》の一つも用意しないとな」

と言い残した弥一が政次の返事も聞かずに一人でさっさと小屋に戻っていった。

「亮吉、梅吉さんを連れて日本橋界隈に戻っておくれ。八百亀らに手がかりがないのなら、こちらと合流して、芝居者が戻ってきたところを一網打尽って算段はどうですね」

「よしきた、梅吉さんよ、鎌倉河岸に戻るぜ」

亮吉が言ったが梅吉は顔を激しく横に振った。

「おめえがいても捕り物の邪魔になるだけだよ」

「どぶ鼠、おりゃ、おうねに会って魂胆を聞くまで鎌倉河岸には戻らねえ」

と梅吉がはっきりと答えた。

「どうしたものかね、若親分」

「無理に引っ張っていっても未練が残るだけのようだ。亮吉、梅吉さんは私たちが面倒を見るよ。悪いが一人で行っておくれ」

「合点だ」

と亮吉が姿を消し、

「梅吉さん、これからなにが起こっても騒いではいけないよ。約束できるね」

と政次に諭された梅吉が泣き顔で大きく頷いた。

弥一が消えて半刻後、そろそろ日が暮れてきた。

「あと三刻後には除夜の鐘が鳴りますぜ、若親分」

と常丸が呟いたとき、弥一が戻ってきた。

「若親分、小屋にはだれもいないよ。だけどさ、ほれ、荷づくりした包みの一つが嫌に厳重に包み込んであるんでさ、開いてみたら小判が出てきたぜ。六十七両もの大金だ」

弥一が縞《しま》の巾着を政次に差し出した。

「ほう、あやつらあれこれと稼いでやがったな」

と常丸が言い、

「この金がある以上、やつら必ずここに戻ってきますぜ、若親分」

と言った。

「そういうことです、手柄でした」

弥一を政次が褒めた。

さらに四半刻、半刻と時が過ぎて、芝神明の境内は真っ暗になった。

「八百亀の兄いたちがそろそろ姿を見せてもいいはずだ。見てこよう」

と常丸が露店の見張所を出ていった。

日が落ちたせいで寒さが募ってきた。

「梅吉さん、落ち着きましたか」

「若親分、おれは馬鹿だな。芝居の女役者に騙されてよ、銭まで騙しとられた」

「貢いだ金子の全額は戻らないかもしれないが、弥一のお陰でいくらかは戻りますよ」

「金はいいんだ」

「おうねに未練がございますか」

「ないと言ったら若親分、おれの気持ちに正直でねえな。だがよ、おれはもう諦めた」

「梅吉さんは働き者だし、人柄もいい。それに稼ぎの中から六両二分と三朱も貯めたくらい辛抱人ですよ。必ずや気立てのいい女の人が現れますって」

「そうかねえ、そんなことがあるかね」

「案ずることはありません」

そうか、と梅吉が答えた時、常丸が八百亀らを引き連れて戻ってきた。

「若親分、弥一の手柄だそうですね。親分も褒めていましたぜ、年が明けたらすぐにも金座裏に住み込んでいいそうです」

と八百亀が弥一を見て言った。

「えっへっへへ」

と嬉《うれ》しそうに笑った。

「おうねら、わっしらがうろうろし始めたせいか、日本橋界隈から姿を消したようですぜ、高飛びしていませんかね」

「八百亀、これを見てごらんよ」

政次は弥一が芝居小屋に忍び込んで見つけた小判を見せた。

「これはこれは、となると今晩じゅうにやつらは芝居小屋に戻ってくる」

「そういうことです」

「芝居小屋にはだれもおりませんかえ」

八百亀の言葉が終わらぬうちに弥一が闇に紛れて消え、姿を消した。芝居小屋の様子を見にいったのだろう。

「小僧、張り切りやがったぜ」

と八百亀が笑った。

五つ半（午後九時）、百地霞太夫の小屋の内外を金座裏の手先たちが固め終わった。

四つの時鐘が増上寺切通《ぞうじょうじきりとお》しから響いてきた。

除夜の鐘まであと一刻、心さびれた芝居小屋の舞台で政次、梅吉、弥一の三人が貧《うら》乏徳利を前に立て、茶碗酒で酒盛りをしていた。むろん飲んでいるのは梅吉だけで政次は時折喉を潤すように舐め、弥一は啜《すす》りあげながら酒を飲む梅吉を見ていた。

三人の様子を真ん中に立てられた蠟燭《ろうそく》が浮かび上がらせていた。

芝居小屋の裏手に人の気配がした。

弥一がびくりと体を動かした。

「案ずることはないよ」

「若親分、手先になったら悪人ばらと格闘することがあるだろう、怖くはないか」

「むろん怖いに決まっています。だけど私たちは江戸の治安を守らねばならない役目を負わされた町方です。私たちが悪人の前でなにもできなかったら、江戸はどうなります」

「闇に落ちるよ」

「そうです、そのとおりです。そう考えただけで体の中から勇気が湧《わ》いてきます。手先になって場数を踏むと、そのことが分かってきます」

「そんなものか」

と弥一が答えた時、小さな芝居小屋の見物席に四人の男女が姿を見せた。

「ああ」

と悲鳴を上げたのは駕籠かきの梅吉だ。

「おうね、おめえはおれを騙したな」

舞台に立ちあがった梅吉におうねが、いや、百地霞太夫が歩み寄り、

「駕籠屋の梅吉、なにしにきやがった」

と娘と思えぬのぶとい声を上げた。

「おめえは亭主持ちか」

「ああ、それがどうした」

「両替詐欺をやったのもおまえか」

「梅吉、どうしてそれを」

百地霞太夫が問い返すところに弥一が縞の財布を舞台の床に転がした。

「梅吉、だれを連れてきた」

政次が舞台の上にゆっくりと立ち上がり、後ろ帯から銀のなえしをゆっくりと抜きあげて、

「金座裏に幕府開闢《かいびゃく》以来江戸の治安を守ってきた御用聞き十代目の政次ですよ」

と静かな口調で言い放った。

「梅吉、おまえは御用聞きを連れてきやがったか」

「おお、おまえの地声を聞いたらおれの恋も冷めやがった。てめえらを牢屋敷に送りこむ手伝いをするぜ」

と梅吉の啖呵《たんか》が響き、

「新《しん》さん、逃げだすに限るよ」

「おれたちの小判は」

と亭主が言った。

「やいやい、梅吉がいうように牢屋敷に入る者が小判なんぞいるものか、奉行所のお調べは甘くはねえぞ。てめえら、金座裏の亮吉がふん縛ってやるから覚悟を決めな」

という声とともに外に配置されていた八百亀らが十手《じって》を構えて芝居小屋の見物席の四方から姿を見せて、

「あああ」

という絶望の悲鳴が霞太夫の口から洩《も》れて、あちらこちら逃げ出す場所を目で探っていた。そこへ舞台を飛び降りた梅吉が霞太夫に走り寄ると、思いっきり横面を張り飛ばして転がした。

わあっ

土間に転がった霞太夫の髷《まげ》がざんばらになり、それを見た梅吉がなぜかまた、

と泣きだして、大晦日の捕り物はあっけなく終わった。

四

この年の大晦日、金座裏の男衆は宗五郎一人だけで除夜の鐘を聞いた。

政次一行は神明社に両替詐欺を始め、所帯をもつと約束して相手から金銭を騙しとった宮芝居の百地霞太夫と亭主の新三郎《しんざぶろう》、それに役者仲間の伊吉《いきち》と権吉《ごんきち》の四人を捕り縄にかけて南茅場《みなみかやば》町の大番屋に運び込み、定廻り同心の寺坂《てらさか》毅一郎《きいちろう》に願って調べに立ち会ってもらった。

亭主の新三郎が稼いだ額と相手などを几帳面《きちょうめん》に記していた帳面を懐に所持していたこともあり、また稼いだ総額八十七両三分二朱のうち、大半が手元に残していたこともあり、調べはあっさりと終わった。かくして霞太夫らは年の瀬を大番屋で過ごすこ

とになった。

だが、一行が大番屋を出たときはすでに除夜の鐘は鳴り終わり、気の早い連中はぞろぞろと初日《はつひ》の出《で》見物に出かけていこうとしていた。

政次は捕り物に付き合った梅吉と小僧の弥一を金座裏に先に戻し、八百亀らとそのまま新年の警戒にあたることにした。

梅吉は別れ際に政次に、

「若親分、おりゃ、大番屋につながれているおうねを見たら目が覚めた。なんであんな女に惚れこんだかね、男女の仲でよ、惚れたほうが負けだというが全くだ。流した涙が勿体ねえや」

「梅吉さん、ようも立ち直られたね」

「政次さん、目が覚めたらあいつに預けた金が惜しくなった。戻ってくるよな」

「預けた額より少ないかもしれませんが、必ず戻ります。奉行所のお調べのあとですから年明けですよ」

「奉行所に預けたんなら安心だ」

ようやく気持ちを落ち着かせた梅吉と弥一が金座裏に先行した。

江戸には初日の出見物の名所が品川の浜、愛宕権現《あたごごんげん》の境内とかいろいろとあったが、日本橋の上から見る初日の出もなかなか見物だった。そこで橋上に止まって初日の出を見ようとする老若男女が大勢いて、町奉行所を手助けして政次らも、

「ささっ、橋の上には止まらないでくださいよ」

とか、

「大勢が足を止めると橋に重さがかかって崩れることもあるんだよ。正月早々土左衛《どざえ》門《もん》にはなりたくあるめえ、ささ、行ったり行ったり」

と声を張り上げて、橋の上に立ち止まらせないように必死の警護にあたった。

時の経過も忘れての警護のあと、
すうっ
と橋上から人の群れが消えた。

政次たちがお日様に目をやると、いつしか三竿《さんかん》に上がり、政次らはいささか高く上がりすぎた初日の出に向かって柏手を打った。

「ご苦労だったな」

と宗五郎の声がして、弥一を従えた金座裏の九代目が姿を見せた。

「親分、酔っぱらって水に飛び込むお調子者一人もいねえ、静かな年明けだったぜ」

と亮吉が報告し、

「それに引き換え、なんとも気ぜわしい年の瀬だったよな」

と締め括《くく》ってみせた。

「亮吉、年の瀬模様も年さまざまだ。大ごとが出来《しゅったい》しなきゃあよしとしようか」

「そうだね」

と答えた亮吉は弥一が負った大風呂敷に目を止めた。

「弥一、大晦日に双葉町から金座裏に夜逃げしてきたか」

「違わい、おかみさんがさ、徹夜で御用を勤めた皆さんにこの足で町内の湯屋に行って汗を流すようにと各自の着換えを持たせてくれたんだよ。亮吉さんは湯が嫌いならいいよ」

「ちょっと待った。朝風呂の嫌いな江戸っ子がいるものか。よし、大黒湯に突進だ」

と亮吉が先頭に立ち、金座裏の男衆総出で湯屋に向かった。

大黒湯は金座裏の貸し切り湯のようになり、宗五郎、政次、番頭格の八百亀ら手先たちが一緒になり、その上、弥一まで加わって湯船に溢れた。

「初湯をうちがさ、独り占めして気持ちはいいがさ、こりゃ、どんなご託宣かね。今年もいつにもまして忙しい一年って卜《うら》が出たってことか」

「亮吉、おまえが一人前になればさ、金座裏もだいぶ様子が違うんだがな」

「おや、八百亀の兄さん、おりゃ、まだ半人前かえ」

「立派な半人前だ」

「そんなおかしな言い草があるものか。立派なら一人前だ。半人前なら立派じゃあるめえ」

「ほう、そのへんの理屈はつくようだな」

八百亀が亮吉をからかっているところに、町内の隠居連がざくろ口を潜《くぐ》って姿を見せて、身を竦《すく》ませた。老眼をしばたかせていた下駄屋の隠居が、

「驚いたな、今年は朝湯を金座裏が独り占めか」

と呟いた。

「下駄屋の隠居、すまねえな」

「おや、宗五郎親分も政次さんも一緒かえ」

「年の瀬、両替詐欺の一味を政次たちがふん捕まえて大番屋送りにしたと思いねえ。御用がひとまず片付いたら初日の出の警戒よ。そんなわけで、隠居連の朝湯を先にもらったというわけだ。許してくんな」

「なあに、御用じゃしようがねえ。おれたちは時間持ちだからな、いつ湯に浸かってもいいんだ。働いた者が先だよ」

と言いながらこの界隈の隠居三人組がかかり湯を使おうとした。すると政次が、

「ご隠居、この桶《おけ》の湯を使ってください」

と差し出した。

「若親分、恐縮の行ったりきたりだ。ありがたく使わせてもらおう」

と下駄屋の隠居がいい、

「そうだ、金座裏は今年家族が一人増えるんだったな」

「隠居、一人とは限らないぜ」

「おや、鼠、若親分は外にも子を孕《はら》ませた女がいたか」

「馬鹿をいうねえ。政次若親分は名代《なだい》のかたぶつ、しほさん一辺倒だ」

「ならば一人じゃねえか」

「双子ってこともあろうが」

「えっ、しほは双子を宿しているのか、亮吉」

政次が珍しく慌てた。

「政次、亮吉のいうことに千に一つも真のことがあるか。口から出まかせよ」

と宗五郎が言い放った。

「ああ、驚きました」

と政次がほっとした顔を見せたが、

「双子ってことも考えられるな」

と考え込んだ。

「政次、双子でも三つ子でも元気な孫が生まれるんなら、一人でも多いほうがいいや。そうなるとうちも賑やかになるがな」

と宗五郎がまんざらでもないという顔をした。

「しほやおっ養母さんが大変でしょうね」

「政次、うちには大奥の呉服の間頭を務めた針子のお登季さんが付いているんじゃなかったか。晴れ着だろうと産着だろうとどんとこいだ」

「そうでしたね。それにしても三つ子は大変だ」

と政次の視線が弥一にいった。

「えっ、若親分、おれ、赤ん坊を背に負って手先か。金座裏に住みこんだらなんでもやれって旦那に命じられているがさ、子守りとは考えもしなかったな」

「弥一、金座裏に女手がないわけじゃなし、いくら見習いの手先でもやや子を負って御用聞きの手先が務まるか」

「ああ、安心した」

弥一が胸を撫《な》で下ろし、湯の中に笑いが起こった。

笑い声が鎮まったとき、三人組の隠居の一人、経師屋《きようじ》の隠居が、

「親分、小耳に挟んだんだがよ、数寄屋《すきや》町の星野《ほしの》の孫が死んで家に戻されたそうだが、ほんとかえ」

と宗五郎に問うた。

「ご隠居のところは星野の出入りかえ」

「そうなんだ。いつものように年の暮れに倅《せがれ》たちが障子の張り替えにいったら、様子がおかしくてよ、追い返されたんだと。なんでも小女《こおんな》がいうには不幸があったとか」

「お初《はつ》さんが大奥奉公は承知だね。ちょいとわけがあって骸《むくろ》でお初さんが戻されてきた。だが、大奥のことだ、どうにもできねえとうちに繕右衛門《ぜんえもん》さんが泣きついてこられてね、お初さんを殺《あや》めた下手人は政次たちがふん捕まえた。あとは御城のことだ、どういう沙汰《さた》が出るか、わっしらにも知らされめえ。理不尽だが、ここは見て見ぬふりをしてくんな」

宗五郎の言葉に経師屋の隠居がかくかくとうなずいた。

宗五郎の一行が金座裏に戻ってみると寺坂毅一郎の姿があった。

元日は大名諸家の御礼登城の日だ。

この日は徳川一門と譜代《ふだい》大名だけが六つ半（午前七時）に登城という決まりがあった。そこで町奉行所では与力同心が出て、警戒にあたった。だが、寺坂毅一郎は両替詐欺の百地霞太夫一味の取り調べでその警護方から外されていた。としても元日のこの刻限に、さらには最前大番屋前で別れたばかりのあとに不思議なことだった。

「湯屋に行っていたんだってな」

寺坂毅一郎が宗五郎に笑いかけた。その表情からは格別に大事が発生した様子は感じられなかった。

「どうなさいました、寺坂様。新年のご挨拶《あいさつ》にしてはいささか刻限が早《はよ》うございます」

「屋敷に戻ってみたら星野繕右衛門の隠居が待ち受けておってな」

「なに、星野の隠居が」

「ほんとうは年の内に金座裏に挨拶に行きたかったそうな。昨日、上席目付平岩兵衛《ひらいわひょうえ》様の呼び出しを受けて平岩様の御用部屋に出向くと、うちの今泉修太郎《いまいずみしゅうたろう》様も同席なされてな、お初が殺された経緯を聞かされたそうな」

「そうでしたか」

「その席で金座裏の親分一統が女忍びの甲賀のお市一味を捕縛した経緯と御鈴廊下目付加納傳兵衛《かのうでんべえ》を若親分の政次が捕らえた一切を聞かされたそうな。繕右衛門は、金座裏のおかげで少しは溜飲《りゅういん》が下がったそうだぜ。こちらに挨拶に伺いたいが正月ゆえ、三が日が明けるまで遠慮するとのことだったとか。おれが今泉様に呼ばれたのは、繕右衛門の手土産を金座裏に届けてくれって頼まれてな、使いだよ」

毅一郎が懐から袱紗《ふくさ》包みを取り出した。

「寺坂様、こたびの一件、うちは動いたようで動いていないのでございましょう。大奥から始まった一件だ、お初が死んだことはたしかだが、あとは闇に埋もれるのではございませんか」

「親分、加納傳兵衛は即刻切腹、家は断絶の沙汰が下り、昨日の内に事が決着したそうだ。むろん御目付猪子三郎右衛門《いのこさぶろうえもん》様、うちの奉行の小田切様、御城のお偉方が密かに動かれての始末だろうよ。むろん内藤《ないとう》家にはきびしい沙汰があったし、丹後屋《たんごや》は大奥出入り差し止め、さらに駒根木《こまねき》家は減封が決まったそうだ。繕右衛門は、駒根木様の勧めでお初を大奥奉公に出したことを悔いておった。その悔いを金座裏が薄れさせてくれたと感謝しておったそうだ。親分、繕右衛門の気持ち、黙って受け取らぬか」

「わっしらだけが正月の年玉を頂戴したようだ」

「親分、おれのところに応分のお礼が届いた。ということは猪子様、小田切様、平岩様と今泉様のところにもそれなりの挨拶があったということよ」

「そうでしたか、有難く頂戴いたします」

と受け取った宗五郎が袱紗包みを神棚に置き、柏手を打つと、

（おお、そうだ）

三が日のうちにも綱定《つなさだ》に挨拶に行き、彦四郎《ひこしろう》の手伝い料として星野家から頂戴した半金を送ろうと思い付いた。

「さあっ、一杯だけ酒を呑《の》んでさ、お節《せち》料理で新春を賀しましょうかね」

おみつを先頭に居間に御膳が運ばれてきた。その女衆の中に大奥の呉服の間頭だった登季も針子だった葉もいて、

「ささっ、膳の前に座ったり座ったり」

と、もう何年も金座裏暮らしの女衆のように叫んだ。

菊小僧がみゃうと鳴いて、いささかいつもより早い金座裏の正月がやってきた。

本書は時代小説文庫（ハルキ文庫）の書き下ろし作品です。

時代小説文庫
さ 8-36

針《はり》いっぽん 鎌倉《かまくら》河岸《がし》捕物《とりもの》控《ひかえ》〈十九《じゅうく》の巻《まき》〉

著者 佐伯泰英《さえきやすひで》

2011年11月18日第一刷発行

発行者 角川春樹

発行所 株式会社 角川春樹事務所
〒102-0074 東京都千代田区九段南2-1-30 イタリア文化会館

電話 03(3263)5247[編集] 03(3263)5881[営業]

印刷・製本 中央精版印刷株式会社

フォーマット・デザイン＆シンボルマーク 芦澤泰偉

ISBN978-4-7584-3611-3 C0193
http://www.kadokawaharuki.co.jp/[営業]
fanmail@kadokawaharuki.co.jp[編集] ご意見・ご感想をお寄せください。

新装版 **橘花《きっか》の仇《あだ》** 鎌倉河岸捕物控〈一の巻〉
佐伯泰英
江戸鎌倉河岸の酒問屋の看板娘・しほ。ある日父が斬殺されたが……。
人情味あふれる交流を通じて、江戸の町に繰り広げられる
事件の数々を描く連作時代長篇。(解説・細谷正充)

新装版 **政次、奔《はし》る** 鎌倉河岸捕物控〈二の巻〉
佐伯泰英
江戸松坂屋の隠居松六は、手代政次を従えた年始回りの帰途、
刺客に襲われる。鎌倉河岸を舞台とした事件の数々を通じて描く、
好評シリーズ第2弾。(解説・長谷部史親)

新装版 **御金座破り** 鎌倉河岸捕物控〈三の巻〉
佐伯泰英
戸田川の渡しで金座の手代・助蔵の斬殺死体が見つかった。
捜査に乗り出した金座裏の宗五郎だが、
事件の背後には金座をめぐる奸計が渦巻いていた……。(解説・小梛治宣)

新装版 **暴れ彦四郎** 鎌倉河岸捕物控〈四の巻〉
佐伯泰英
川越に出立することになったしほ。彼女が乗る船まで見送りに向かった
船頭・彦四郎だったが、その後謎の刺客集団に襲われることに……。
鎌倉河岸捕物控シリーズ第4弾。(解説・星 敬)

新装版 **古町《こまち》殺し** 鎌倉河岸捕物控〈五の巻〉
佐伯泰英
開幕以来江戸に住む古町町人たちが「御能拝見」を前に
立て続けに殺された。そして宗五郎をも襲う謎の集団の影！
大好評シリーズ第5弾。(解説・細谷正充)

(書き下ろし) **代がわり** 鎌倉河岸捕物控〈十一の巻〉

佐伯泰英

富岡八幡宮の船着場、浅草、増上寺での巾着切り……
しほとの祝言を控えた政次は、事件を解決することができるか!?
大好評シリーズ第11弾!

(書き下ろし) **冬の蜉蝣《かげろう》** 鎌倉河岸捕物控〈十二の巻〉

佐伯泰英

永塚小夜の息子・小太郎を付け狙う謎の人影。
その背後には小太郎の父親の影が……。祝言を間近に控えた政次、しほ、
そして金座裏を巻き込む事件の行方は?　シリーズ第12弾!

(書き下ろし) **独《ひと》り祝言** 鎌倉河岸捕物控〈十三の巻〉

佐伯泰英

政次としほの祝言が間近に迫っているなか、政次は、思わぬ事件に
巻き込まれてしまう——。隠密御用に奔走する政次と覚悟を決めた
しほの運命は……。大好評書き下ろし時代小説。

(書き下ろし) **隠居宗五郎** 鎌倉河岸捕物控〈十四の巻〉

佐伯泰英

祝言の賑わいが過ぎ去ったある日、政次としほの若夫婦は、
日本橋付近で男女三人組の掏摸を目撃する。
掏摸を取り押さえるも、背後には悪辣な掏摸集団が——。シリーズ第14弾。

(書き下ろし) **夢の夢** 鎌倉河岸捕物控〈十五の巻〉

佐伯泰英

船頭・彦四郎が贔屓客を送り届けた帰途、請われて乗せた美女は、
幼いころに姿を晦ました秋乃だった。数日後、すべてを棄てて秋乃とともに
失踪する彦四郎。政次と亮吉は二人を追い、奔走する。シリーズ第15弾。
